LE CHOIX D'ALBANE

Corinne Falbet-Desmoulin

LE CHOIX D'ALBANE

Roman

© Corinne Falbet-Desmoulin

Édition : BoD · Books on Demand GmbH, In de Tarpen 42,
22848 Norderstedt (Allemagne)
Impression : Libri Plureos GmbH, Friedensallee 273,
22763 Hamburg (Allemagne)

ISBN : 978-2-3224-7763-0

Dépôt légal : Octobre 2024

Corinne Falbet-Desmoulin vit à Léognan, près de Bordeaux. Elle écrit depuis l'enfance, mais ce n'est qu'en 2016 qu'elle décide de sauter le pas en auto-éditant ses écrits chez BoD.

Ses nouvelles, très originales, ont reçu 11 Prix littéraires. Elles sont regroupées dans les recueils "SINGULIÈRES" (2016), "INSOLITES" (2017) et "ATYPIQUES" (2018) ainsi que dans la trilogie à succès qui les regroupe : "SINGULIÈRES-INSOLITES-ATYPIQUES" (2018).

Son premier roman "À L'ENCRE DU CŒUR" a obtenu le "COUP DE CŒUR DU JURY DU PRIX FEMME ACTUELLE-DÉVELOPPEMENT PERSONNEL 2022".
Deux autres romans ont ensuite été édités : "UN SEUL ÊTRE NOUS MANQUE", sélectionné pour le Prix du Suspense Psychologique 2022 et "TOUT AU BOUT DES SILENCES" (2023).
"LE CHOIX D'ALBANE" est son quatrième roman.

L'auteure a également publié trois recueils de poèmes illustrés : "POÈMES D'HIER ET D'AUJOURD'HUI" (2019), où elle nous offre des textes depuis son adolescence, et dont deux ont été primés ; "HAÏKUS D'ÉTÉ" (2022) et "BULLES DE BIEN-ÊTRE" (2023).

Avec son amie Monique Sanchez, elle a coécrit deux recueils d'histoires inédites à quatre mains, entièrement illustrés : "INSTANTS DE GRÂCE À PARTAGER" (2020) et "OSER L'ESPOIR" (2023).

À Élisabeth,
ma psychologue
si humaine et lumineuse

Première partie

La disparition

1

JOURNAL D'OCÉANE

Ars-en-Ré, lundi 2 juillet 2018

Aujourd'hui, j'ai été embauchée chez madame Pasquier. Comme la plupart de celles qui se trouvent ici, à Ars-en-Ré, sa maison a des volets vert mousse. J'ai remarqué qu'ils ont été fraîchement repeints. Ils ouvrent sur une petite rue tranquille, où dans une explosion de couleurs, les roses trémières aux longues tiges s'élancent en grappes le long des murs blancs illuminés de soleil. Ce sont les emblèmes de notre île et leur beauté singulière se décline en coloris très pâles ou, au contraire, sombres et denses. Subtile teinte crème, délicat rose poudré, jaune lumineux, éclatant fuchsia ou pourpre somptueux s'offrent au regard des promeneurs, nombreux durant la saison estivale.

Madame Pasquier est une femme d'une soixantaine d'années. D'un abord agréable, elle m'a d'emblée proposé un café. Confortablement installée face à moi dans un fauteuil en cuir écru, elle m'a expliqué qu'elle avait une maladie qui la fatiguait beaucoup. Elle n'a pas précisé laquelle. Mais j'ai compris que ses problèmes de santé l'empêchaient de pouvoir entretenir seule sa demeure.

Celle-ci est spacieuse, meublée simplement mais avec goût. La lumière entre à flots dans le salon, par de grandes baies vitrées. Elles donnent sur un jardin un peu fouillis, où j'ai aperçu un joyeux foisonnement de fleurs de courgettes jaune d'or et de pieds de tomates aux fruits déjà bien avancés, parmi une profusion d'herbes aromatiques.

Malgré le charme du lieu, j'ai immédiatement senti un parfum de mystère autour de ma future employeuse. J'ai un don pour ces choses-là. Quand un drame s'est déroulé quelque part, je le perçois. Dans ce cas précis, peut-être est-ce dû à la façon de s'exprimer de madame Pasquier. En évoquant brièvement son passé − elle vit dans cette maison depuis plus de trente ans −, elle a tout de suite adopté un ton feutré. Un peu étouffé. Comme si une émotion intense entravait les vibrations de ses cordes vocales. Soudain, sa voix a tremblé, laissant deviner une fêlure. Au milieu d'une phrase, elle s'est arrêté net de parler. Ses yeux se sont mis à briller ; j'ai eu la sensation qu'elle luttait pour retenir ses larmes.

Elle a changé de sujet et nous avons convenu que je viendrais faire le ménage chez elle tous les jeudis.

2

ALBANE

Ars-en-Ré,

5 juillet 2018

Je caresse une fleur de courgette d'un doigt tremblant. Je suis fascinée par cet épanouissement furtif qui illumine le jardin. Ce soir, les pétales à la fragilité de soie et à la couleur du soleil seront déjà refermés sur leur cœur tendre. J'ai longuement observé le ballet des abeilles butineuses. Je les ai vues se gorger du nectar sucré dont elles se nourrissent. Puis, du bout de leurs pattes fines, récolter le pollen doré et poudreux sur les élégantes étamines, avant de le déposer délicatement au cœur du pistil des fleurs femelles, afin de les fertiliser. Je peux donc cueillir dès maintenant les fleurs mâles, si je veux en savourer, dans ma salade d'été, leur texture unique. Veloutée. Si fine qu'elle fond sous la langue comme de la barbe à papa. C'est un plaisir dont je ne me lasse pas.

Depuis que la maladie s'est invitée dans ma vie, je m'efforce de profiter de chaque instant susceptible de m'apporter un peu de bonheur. De douceur. De joie. La nature en fait partie.

Quand je m'émerveille devant la senteur rafraîchissante d'un brin de menthe ou le bleu si intense d'un petit papillon azur, Baptiste rit. Mon compagnon ne se moque pas, non. Je crois qu'il est juste heureux de voir mes yeux pétiller de nouveau. De constater que j'ai trouvé un moyen de soulager mon âme écorchée.

J'aime les plantes et mon petit jardin bien sûr, mais encore davantage ces animaux abandonnés dont je prends soin presque chaque jour, avec ma sœur cadette Rosalie. Quand on n'a plus la possibilité de s'épanouir dans ce qu'on savait le mieux faire, il faut changer son fusil d'épaule. S'adapter. Et parfois, c'est l'occasion de belles découvertes.

Le dessin a été ma grande passion. Ainsi que mon métier. Je me souviens parfaitement de ce mercredi treize mai 2015, quand le neurologue m'a expliqué mon état. J'ai compris qu'un jour prochain, je ne pourrai plus tenir un crayon ou un fusain. En réalisant cela, comme toujours quand je suis ballottée par des événements brutaux et inattendus, j'ai vécu une longue période de sidération et de repli sur moi-même. Aujourd'hui je refais lentement surface.

Il y a vingt-six ans, lorsque mon existence a basculé pour la première fois, il m'a fallu un temps infini pour retrouver mes forces. Pour que la joie puisse revenir un jour frapper à la porte de mon cœur blessé. J'y ai réussi grâce à Baptiste.

Cette fois, avec l'annonce et la progression de ma

maladie, c'est Rosalie qui m'a aidée, en me proposant de m'investir dans le refuge animalier *Donnez-nous votre amour,* qu'elle a créé à Ars. « Tu viens uniquement quand tu le souhaites », m'a-t-elle expliqué. « Et tu fais ce que tu peux. Au refuge, tu verras, toute bonne volonté est extrêmement précieuse. »

J'y suis allée. Je ne savais pas que des chiens et des chats assoiffés de caresses m'y attendaient. Leurs yeux débordants d'espérance m'ont piégée. Alors, je me rends le plus souvent possible auprès d'eux. Je les câline. Je leur parle. Je trie également les dons de couvertures, plaids et polaires qui tiendront chaud à ceux qui seront encore là l'hiver prochain. Au refuge, j'ai l'immense satisfaction de me rendre utile.

Tout en grignotant quelques fleurs de roquette, d'une jolie teinte mate et écrue, mes pensées me mènent à ma fille qui les adore. Mon Émilie. Ma Lili. Je fronce les sourcils en l'imaginant aussi loin de moi.

Bien que je vive sur une île, l'océan ne m'attire absolument pas. En tout cas, pas durant cette période où les touristes envahissent nos plages surpeuplées. Je les préfère en hiver, lorsqu'elles deviennent le royaume des oiseaux migrateurs, venus de la toundra sibérienne ou des régions nordiques. J'aime bien alors fouler le sable blond avec Baptiste. Le vent iodé vient ébouriffer la tignasse blanche encore épaisse qu'il arbore à soixante-deux ans. Lorsque nous marquons une pause pour mieux observer à marée basse les élégantes barges aux longs becs, les pluviers argentés ou les courlis cendrés, mon homme, le regard empli d'amour, replace délicatement sous la capuche de ma parka les mèches châtain qui volettent autour de mon visage. Je le remercie d'un sourire attendri. Puis nous terminons notre balade d'un bon pas, avant de nous retrouver attablés devant un chocolat chaud dans le bar du coin.

Ma Lili a choisi tout l'inverse. Elle vit et travaille au soleil. En short et tee-shirt ou combinaison de plongée. À vingt-six heures de voyage d'ici. Et malgré nos communications régulières sur nos portables via WhatsApp, elle me manque affreusement.

Ma récolte de fleurs potagères à la main, je me relève doucement, puis je marche avec ma raideur coutumière vers la maison. Il est temps de prendre le médicament que j'avale quatre fois par jour.

3

SHAHBAJ

Île d'Hanimaadhoo, Maldives

5 juillet 2018

En longues ondes turquoise, les vagues ourlent la plage. Allongée dans son transat, Jaya écoute les palmes des cocotiers qui crépitent.

J'ouvre les yeux. Sur l'écran intérieur de mon esprit, je viens de visualiser ma fiancée. À quelques pas de moi, sur cette plage d'un sable si blanc que je n'en ai jamais vu de pareil avant de venir aux Maldives. Si cela pouvait être vrai. Ma fiancée Jaya. Jaya et moi. Ici.

Au début de mon contrat de travail, j'écarquillais de grands yeux éberlués. Devant mon regard incrédule, le lagon et sa plage déroulaient leur stupéfiante splendeur. Des nuances de bleus incroyables. Un sable immaculé d'une finesse époustouflante. À peine si je le sentais filer entre mes doigts.

Je jette un œil à la jeune touriste qui, allongée

nonchalamment dans un transat sur une serviette brodée au nom de l'hôtel, tape un message sur son smartphone. C'est elle qui a convoqué l'image de Jaya sous mes paupières closes. Je pense avec amertume : *Décidément, nous ne sommes pas tous égaux sur cette Terre.*

Dans mon pays si pauvre, la plupart des femmes ne savent ni lire ni écrire. Heureusement, j'ai pu aller à l'école. Mon oncle m'a enseigné l'anglais. Chez nous, c'est la deuxième langue. Mais elle est seulement utilisée dans les administrations et par les gens socialement aisés. Ce qui n'est évidemment pas le cas de ma famille.

Je hausse les épaules et repars vers les cuisines chercher une bouteille d'eau à déposer sur l'une des tables du restaurant. Dans cet hôtel de la minuscule île d'Hanimaadhoo, on boit gratuitement et à volonté de l'eau de mer désalinisée grâce à un système moderne d'osmose inverse. Encore une découverte, à ajouter à toutes celles que j'ai faites en deux semaines.

Je suis venu directement du Bangladesh. J'ai traversé l'Inde pour proposer mes services ici, aux Maldives. C'est mon ami Parvaj qui m'a parlé de ces lieux de villégiature qui embauchent de jeunes serveurs parlant un anglais correct. « Entre environ vingt-cinq et trente-cinq ans » m'a-t-il expliqué. « C'est exactement ton profil. » En réalité, je n'ai que vingt-trois ans. Mais je n'y ai pas réfléchi à deux fois. « Quand ta chance est là, ne la laisse jamais passer » a coutume de répéter mon père. Alors, le projet a pris forme dans mon esprit.

Le soir, après le repas clôturant mon dernier service

au restaurant, je me retrouve avec les autres serveurs logés par le complexe hôtelier. Je discute un peu avec eux, puis je m'allonge sur mon lit. Je songe à ceux que j'ai laissés là-bas, dans mon pays. C'est pour eux que je suis ici. Pour Abdul, mon père. Fatema, ma mère. Pour mon petit frère Kasi. Et pour Jaya. Pour économiser sur mon salaire et ramener l'argent dans mon pays.

Des images de mon quartier surpeuplé à Dhaka, la capitale, défilent devant mes yeux. J'ai appris que la ville dans laquelle vit ma famille est la plus dense du monde, avec ses quarante-cinq mille habitants au kilomètre carré. L'immense métropole, que je connais pourtant bien, m'apparaît soudain comme un monstre effrayant, comparée à la quiétude de la petite île maldivienne dans laquelle je me trouve. Juste avant de m'endormir, mes sensations s'entremêlent. Je sens presque sur ma langue le goût des kebabs abondamment épicés que j'adore. Je revois les grands yeux noirs de ma fiancée Jaya, sa peau cuivrée satinée, si douce sous mes doigts. Puis je perds pied et glisse dans un sommeil sans rêves.

À Dhaka, mon père travaille pour l'une des quatre mille usines de textiles qui fabriquent des tonnes de vêtements bon marché. Il s'éreinte toute la journée sur les machines. Au fil des années, le Bangladesh a été gagné par une véritable fièvre du prêt-à-porter, dont il est devenu l'un des principaux exportateurs mondiaux. Ma mère déplore le déclin de la production traditionnelle de mousseline de coton, jadis si renommée et dont elle était si fière. Pourtant, mon père n'a pas le choix s'il veut subvenir aux besoins de notre famille.

Mais ce qui me révolte le plus, c'est la condition de mon petit frère. À douze ans, considéré comme un apprenti malgré son jeune âge, Kasi travaille dans un atelier de couture, spécialisé dans la contrefaçon de vêtements de marque. Bien que l'emploi soit formellement interdit avant quatorze ans, les contrôles n'existent pas. La corruption est malheureusement omniprésente au cœur du vieux Dhaka.

À l'âge de mon frère, parce que je savais ce qui m'attendait et ne voulais pas me retrouver enfermé entre quatre murs, j'ai demandé à aller chez mon oncle Ismail à Chittagong, le principal port maritime du pays. Je me suis souvenu qu'Ismail m'avait dit un jour : « Si tu aimes la mer, viens me trouver ».

J'ai eu raison. Ismail est un homme foncièrement bon, qui m'a pris en main. Célibataire sans enfant, il est bien plus cultivé que le reste de la famille. Il maîtrise l'anglais, dont il m'a appris les bases. Avec patience et détermination. « Ça te servira un jour, mon petit » a-t-il argumenté simplement. Il avait raison.

« Shahbaj ! » me hèle Lili. Perdu dans mes rêveries, je ne me suis pas aperçu que le restaurant s'était peu à peu vidé. Après les touristes, c'est au tour des employés de se restaurer. Je suis Lili vers la salle réservée au personnel. Sa démarche souple fait danser sa queue de cheval dans son dos. Je ne sais pourquoi, je pense soudain qu'une fois détachés, ces cheveux bruns si lisses doivent avoir la douceur de la soie. J'aime beaucoup Lili, comme tout le monde ici. C'est la biologiste marine de l'hôtel. Une authentique gentillesse se dégage d'elle. Sa passion communicative de l'océan en fait une personne extrêmement intéressante, que les touristes s'arrachent.

Je repense en souriant au soir où Lili m'a dit qu'elle était originaire de France. D'une petite île fleurie dans l'océan Atlantique, qui porte le nom d'une note de musique. Elle et moi, écroulés de rire sur la plage, nous avons hurlé les paroles d'une chanson qui reprend chaque note. Je la connais bien, c'est celle du film *The Sound of Music,* qui se nomme en français *La Mélodie du Bonheur. (1)* Cependant, je ne me souviens plus du nom de l'île d'où vient Lili. L'île de Mi ou de Fa, probablement.

(1) : Paroles en anglais de la chanson du film The sound of music :

Do, a deer, a female dear

Re, a drop of golden sun

Mi, a name I call myself

Fa, a long long way to run

So, a needle pulling thread

La, a note to follow so

Ti, a drink with jam and bread

That will bring us back to Do, oh, oh, oh

4

JOURNAL D'OCÉANE

Ars-en-Ré, lundi 13 août 2018

Déjà presque un mois et demi que je me rends chez madame Pasquier. Comme j'ai choisi de travailler à domicile en chèque-emploi service universel – qu'on appelle également Cesu –, mes employeurs sont également mes clients. Je trouve cela amusant.

La plupart d'entre eux ont une existence très solitaire. La tristesse enveloppe certains comme une deuxième peau. Cela me peine profondément. Tout en époussetant leurs bibelots ou en lavant leurs vitres, je tente de leur amener un peu de joie de vivre. Je prends toujours le temps de les écouter. De leur parler gentiment. Je plaisante : « Eh bien, vous allez mieux y voir à travers vos carreaux, maintenant ! Vous n'aurez plus besoin de nettoyer vos lunettes pour surveiller l'arrivée du facteur ! » J'aime aussi chantonner de vieux airs. Parfois les mamies, ravies, m'accompagnent de leur voix chevrotante.

De tous mes employeurs, madame Pasquier est l'une des plus sympathiques. Douce. Cordiale. Généreuse. Elle n'a apparemment pas de problème d'argent puisque je passe la journée entière du jeudi à faire du ménage dans sa grande maison. Ce qui représente tout de même un certain budget chaque mois.

– Pourquoi n'apporteriez-vous pas un repas léger à consommer ici, plutôt que de rentrer chez vous à midi ? m'a-t-elle proposé la semaine dernière. Cela serait peut-être plus pratique pour vous, qu'en pensez-vous ? Et puis, comme Baptiste ne déjeune pas ici, je serais heureuse de profiter de votre compagnie, a-t-elle ajouté les yeux brillants.

J'ai accepté avec gratitude.

– Oh merci beaucoup, c'est une très bonne idée. Mon travail étant plutôt physique, même si je n'habite pas très loin d'ici, j'apprécierais effectivement de ne pas avoir deux trajets supplémentaires à faire à vélo.

– S'il fait beau jeudi prochain, nous pourrions déjeuner ensemble sur la table du jardin, a-t-elle suggéré. Si vous êtes d'accord, bien entendu.

Du coup, j'ai mangé avec elle à midi. Madame Pasquier a posé une salade composée sur la jolie table en teck installée sur la terrasse, près des baies vitrées du salon. De façon très naturelle, elle a offert de partager son plat appétissant et coloré avec moi. J'ai trouvé cette attention adorable. De mon côté, je lui ai fait goûter le vieux gouda si fruité qu'elle ne connaissait pas. Accompagné du pain onctueux relevé par le croquant de noix et noisettes que j'avais confectionné la veille.

La conversation a été très agréable. Madame Pasquier m'a posé quelques questions sur moi, sur ma vie. Je lui ai expliqué que j'étais mariée et avais deux enfants : Justine, huit ans et son petit frère Isao, quatre ans.

Se penchant légèrement vers moi, elle m'a demandé

doucement :

– Quel âge avez-vous, Océane ?

– Vingt-huit ans, ai-je répondu. Je me suis mariée jeune, à dix-neuf ans.

Et j'ai souri avant d'ajouter que Justine était déjà en route. Alors ma cliente a longuement évoqué sa propre fille Émilie. Ses études de biologiste marine, ainsi que sa vie actuelle aux Maldives.

– Waouh, quelle chance ! me suis-je exclamée.

Elle a ri devant mes yeux écarquillés.

– Vous pourriez être ma fille, a-t-elle constaté. Vous avez presque le même âge que Lili.

Tout en sirotant un café serré complété par un carré de chocolat noir gentiment offert, j'ai rattaché les boucles rebelles échappées de mon chignon haut, qui picotaient mon cou. Enhardie par notre repas convivial, je me suis laissé aller à la spontanéité. J'ai remarqué :

– Vous devez être très fiers d'elle, votre mari et vous.

J'ai tout de suite vu qu'étourdiment, j'avais contrarié mon employeuse.

– Je ne suis pas mariée avec Baptiste et il n'est pas le père de Lili, a-t-elle répondu d'une voix si basse qu'elle en était presque inaudible.

Aussitôt, un pli d'amertume s'est formé à la commissure de ses lèvres gracieuses. Elles se sont resserrées, ne dessinant plus qu'une ligne droite et fine. J'ai eu l'intuition dérangeante qu'elles s'étaient contractées en un barrage infranchissable, devant des mots indicibles. Les doigts fins de ma cliente agrippaient nerveusement le bord de la table. Si fort que leurs jointures étaient devenues toutes blanches.

Madame Pasquier s'est levée brusquement, sans prendre

le temps de terminer sa tasse de café. Dommage, cette demi-heure de pause aurait pu être parfaite. Un délicieux moment de détente sous le grand parasol bleu ciel, avant de reprendre plumeau et aspirateur.

Quoi qu'il en soit, je n'ai pas à m'en vouloir. Je ne comptais certainement pas blesser mon employeuse. Mais son étrange comportement me conforte dans mon impression du premier jour : un mystère plane autour de cette femme. Qui prend racine dans son passé.

5

LILI

Île d'Hanimaadhoo, Maldives

14 août 2018

J'offre mon visage à la brise tiède qui souffle sur le lagon. Sur le bateau, chacun est silencieux. Nous observons tous le rivage de l'île qui s'éloigne. Les parasols ouverts sur la plage ne sont plus que des taches blanches se détachant sur les verts éclatants des feuillages tropicaux.

Arrivés sur le spot *(2)*, mon collègue et moi aidons les personnes qui le désirent à chausser leurs palmes, ajuster leur masque et leur tuba, avant de descendre la petite échelle qui mène dans l'eau incroyablement claire. Je me laisse glisser avec délice dans cet élément salé à trente degrés que j'aime tant. Je saisis la bouée et propose aux deux clients qui n'ont pas l'habitude du snorkeling *(3)* de s'y accrocher durant notre excursion, tandis que je la tiendrai moi-même grâce à une cordelette. Je pourrai ainsi les guider en toute sécurité. Ils acceptent avec soulagement. Je me lance alors en avant du petit groupe. Le visage au ras de l'eau transparente, je palme lentement afin que les autres puissent aisément me suivre.

Dans les récifs coralliens qui entourent l'île se trouvent des merveilles. Une faune variée et remarquable, évoluant dans un paysage à l'architecture insolite. J'ai toujours la sensation de survoler de véritables reliefs montagneux, tant les fonds marins sont vastes et profonds. Au-dessus des coraux aux formes multiples et des gorgones dansant dans les courants, de grands poissons perroquets à la tête bleue, au corps turquoise et rose nous frôlent. Des carangues géantes à la taille démesurée. Des coureurs arc-en-ciel au long corps fuselé. Des bancs d'innombrables vivaneaux jaunes striés de bandes blanches, de poissons-bagnards zébrés de noir, à l'allure pressée.

Ce soir, j'animerai une conférence sur la biodiversité marine aux Maldives. Je vais y parler des actions de protection mises en place autour de ces îles au cœur de l'océan Indien. De la disparition des coraux − la planète ayant perdu quatorze pour cent d'entre eux entre 2009 et 2018 − et de leur blanchissement dramatique. L'ICRI − initiative internationale pour les récifs coralliens −, compte aujourd'hui plus de soixante pays. L'année 2018, déclarée officiellement « troisième année internationale des récifs coralliens », est donc porteuse d'espoir. Une plus grande prise de conscience mondiale devrait permettre de mieux gérer ces fragiles écosystèmes, de façon durable.

De temps à autre, les personnes qui me suivent se relèvent, ôtent le tuba de leur bouche et s'extasient bruyamment. Amusée, je souris. Bien que ces spectacles me soient devenus quotidiens, je ressens également la beauté de ce spot, que le *dhoni (4)* appartenant à l'hôtel atteint en un quart d'heure à peine depuis le ponton de l'île.

Tout à coup, une femme surexcitée pointe du doigt de grandes ombres. Elles avancent lentement sur notre gauche. « Regardez ! » s'écrie-t-elle. Suspendant nos souffles, nous découvrons trois raies manta des récifs, dont l'une doit bien mesurer cinq mètres d'envergure. Nullement effrayées, elles s'approchent de nous. Immobiles, nous les regardons passer, en totale admiration. Comme celles de leurs cousines − les raies manta océaniques, encore plus impressionnantes −, leurs immenses nageoires comparables à des ailes semblent leur permettre de voler avec une fluidité et une grâce extraordinaires. J'explique alors que les raies manta possèdent chacune une robe unique : on peut très précisément les identifier grâce à la répartition des taches noires situées sous leur ventre blanc, entre les fentes branchiales. Exactement comme les empreintes digitales différencient les êtres humains. Je révèle également que celui ou celle qui découvre une raie − non encore répertoriée par les scientifiques étudiant le lieu − a le privilège de lui donner un nom. Cela vaut aussi pour les tortues marines peuplant les atolls des Maldives. Je cite alors l'exemple d'une tortue connue sous le nom de *Federica*. Elle a été repérée et photographiée la première fois au large de l'île d'Hanimaadhoo, par un biologiste italien. En hommage à sa mère, il a choisi de l'appeler par le prénom de celle-ci.

Je ne sais pourquoi j'indique cette possibilité particulière. Car en réalité, elle me touche de très près. Ou du moins c'est ce que j'espère. Les mots ont franchi mes lèvres, alors que d'habitude, ils demeurent muselés par la puissance de mes émotions.

Après être rentrés de notre agréable excursion, j'éprouve le besoin urgent d'aller m'isoler un moment. Je rejoins ma chambre, m'assois sur le lit et prends ma tête entre mes mains. Je dois absolument faire le vide dans mon esprit. Chaque fois que je croise une ou plusieurs raies à la recherche de plancton, ce qui est tout de même assez courant ici, je ressens le même sentiment. Intense. Un espoir insensé qui envahit tout mon être. En effet, c'est bien à cause d'une raie manta que j'ai décidé de solliciter ici le poste vacant de biologiste marine. Mais il ne s'agit pas d'une raie comme les autres. ELLE S'APPELLE LILI. Depuis que j'en ai pris connaissance, mes pensées s'entrechoquent. La personne qui a découvert et nommé ainsi cette raie est forcément passionnée par la plongée sous-marine. Vraisemblablement comme l'homme auquel je pense si fort depuis que je suis arrivée sur l'île d'Hanimaadhoo. Alors... simple coïncidence, si cet animal porte mon surnom ? Ou pas ? J'ose croire que non. Que cette piste m'apportera les réponses aux questions que je me pose depuis toujours. Ou plus exactement depuis l'année de mes trois ans.

(2) : *un spot est un site de plongée.*

(3) : *le snorkeling est une activité de loisir aquatique permettant d'observer en surface les fonds marins, avec des palmes, un masque et un tuba.*

(4) : *dhoni : bateau traditionnel des Maldives, construit principalement en bois de cocotier.*

6

SHAHBAJ

Île d'Hanimaadhoo, Maldives

17 août 2018

Mes longues jambes allongées nonchalamment devant moi sur le sable, je tourne la tête vers Lili, assise à côté de moi. Ses yeux brillent, aussi verts que les feuilles de thé dans les immenses plantations de mon pays. Ils créent un joli contraste avec sa peau hâlée. Tout en parlant, elle a dénoué ses longs cheveux bruns, que durant sa journée de travail elle attache toujours en queue de cheval avec un chouchou émeraude assorti à son regard. Elle est mignonne, Lili. Je souris en pensant que si je n'aimais pas ma fiancée de tout mon cœur, je me serais sans doute laissé tenter à la courtiser.

Il y a quelques minutes, sous le soleil qui décline, je me suis confié à Lili en évoquant ma douce Jaya. Ma famille unie mais pauvre. Si mes calculs sont bons, d'ici dix-huit mois environ, je pourrai rentrer chez moi. J'aurai économisé suffisamment de dollars pour aider un peu les miens et surtout ne pas rougir en épousant ma fiancée. Nous nous écrivons chaque semaine. Elle m'attend. J'ai une totale confiance en son amour. Aussi fort que le mien.

À son tour, Lili me parle de sa vie d'avant, en France. Je l'écoute tout en me laissant envelopper par la magie du soir. Ce moment est mon préféré de la journée. Quand les premières lueurs commencent à peindre le ciel de leurs teintes rosées. Que tout en haut des cocotiers, les renards volants ouvrent leurs larges ailes. Ces chauve-souris frugivores peuvent impressionner par leur taille, mais elles sont complètement inoffensives. Elles planent au-dessus de nos têtes dans une majesté tranquille qui me charme. Non loin de nous, le clapotis des vagues berce les touristes attardés sur les transats. Tout semble posé. Dans l'air doux, retentissent des chants flûtés qui se répondent. Ce sont ceux des coucous Koël, ces oiseaux timides que l'on aperçoit rarement.

Avant de traverser le parc de l'hôtel à la végétation luxuriante pour aller prendre mon service au restaurant, j'aime faire un petit détour par la plage. C'est aussi l'endroit de prédilection de Lili après sa journée de travail. Voilà pourquoi nous nous y sommes donné rendez-vous aujourd'hui, afin de partager un moment d'amitié et de complicité paisible.

Soudain, un changement de ton dans la voix de Lili m'interpelle. Son timbre est devenu plus grave. Un peu enroué.

– Tu as de la chance de bien t'entendre avec ton

père. Moi, le mien, je ne m'en souviens pas. Il a disparu l'année de mes trois ans.

Interloqué, je la questionne :

– Comment ça, « disparu » ?

Tandis que Lili cherche les mots justes, la couleur de ses yeux s'assombrit, jusqu'à devenir presque noire.

– Eh bien, un jour il s'est volatilisé. Disparu, quoi.

Devant mon expression ébahie, elle s'explique en haussant les épaules :

– Nous n'habitions pas sur l'île de Ré, à l'époque, mais à La Rochelle, une ville tout près de là, sur le continent. Mon père est sorti un matin, sous prétexte d'aller faire des courses dans le supermarché le plus proche de chez nous. À part qu'il n'est pas revenu. Il n'a pas pu avoir un accident, puisqu'il n'y en a eu aucun ce jour-là dans ce quartier.

Maman a fait des pieds et des mains pour retrouver mon père, tu penses bien. Mais elle et moi, nous ne l'avons jamais revu. Plus aucune nouvelle. Rien. Même pas une carte postale qui pourrait indiquer où il est parti refaire sa vie. Car il est évident qu'il nous a volontairement laissées toutes les deux derrière lui. Littéralement abandonnées.

Le regard vert foncé de Lili lance des flammes de colère. Maintenant qu'elle a commencé à se livrer, mon amie ne s'arrête plus de parler. Je lui fais signe de s'épancher moins fort car une touriste nous dévisage ostensiblement. Alors, Lili se lève avec souplesse et se met à arpenter la plage à grandes enjambées. Je la suis, ne perdant pas une miette de ses propos, hachés par une émotion non feinte.

– Il m'est arrivé de penser qu'il était peut-être malade et qu'il a disparu pour aller ailleurs mettre fin à sa vie. Pourtant, maman m'affirme qu'elle l'a toujours vu en pleine santé. Alors ?

Lili s'est arrêtée tout au bout de la plage. Là, seuls des rochers et d'innombrables morceaux de coraux arrachés aux récifs nous environnent. Ainsi que des centaines de bernard-l'hermite.

Nous nous asseyons sur le sable mouillé. Je passe un bras autour des épaules de mon amie pour la réconforter. Que lui dire ? Je me sens impuissant devant cette ancienne souffrance ravivée sous mes yeux. Je nous revois Lili et moi, un soir de la semaine dernière, presque au même endroit, devant les bébés d'une tortue marine qui venaient d'éclore. En biologiste passionnée, elle avait surveillé le nid durant des jours, dès qu'elle avait un moment de libre. Surexcitée, elle était venue toquer à la porte de ma chambre. « Ils sont là, ils sont là ! » criait-elle tout en riant. Suivis par une flopée de touristes curieux, nous sommes allés admirer les adorables jeunes reptiles que nous avons portés jusqu'aux premières vagues. Lili m'a appris que dans certains endroits, les bébés tortues avaient du mal à se diriger, car ils confondaient la lumière des hôtels avec celle de la lune, censée les guider jusqu'à l'océan. « Ouf, heureusement, ceux-ci n'auront pas ce problème ! » a-t-elle conclu, rayonnante.

J'aurais tant aimé que ce soir, le même sourire éclaire son visage. Sur le sable teinté de nuances dorées, elle attrape délicatement entre ses doigts fins une grosse coquille munie de minuscules pattes. Aussitôt, le bernard-l'ermite qui l'habite se rétracte et se réfugie à l'intérieur. À l'image de ce fascinant petit crustacé si présent sur cette plage, je me dis que Lili porte depuis longtemps un poids bien trop lourd pour elle.

Et parce que je me penche vers mon amie en lui tendant un magnifique bout de corail orangé qui étincelle dans la lumière du soleil couchant, je perçois distinctement ce qu'elle murmure, sans doute pour elle-même : « Pourvu que mon intuition ne m'ait pas trompée et que je retrouve enfin mon père ! » Cela me cloue sur place.

7

ALBANE

Ars-en-Ré,

20 août 2018

– Qu'il est mignon !

Je caresse la tête du petit chien que la fourrière vient d'emmener au refuge. Errant depuis plusieurs jours autour des maisons bordant la plage d'Ars, il a été signalé par un riverain.

– C'est un Border Collie, m'apprend Rosalie. Le pauvre, qu'est-ce qu'il est maigre !

Peu agressif, le chiot va et vient de ma sœur à moi, en quête de câlins.

À *Donnez-nous votre amour*, Rosalie gère une équipe de quatre bénévoles dynamiques et dévoués. À laquelle, comme ma sœur me l'a proposé, je me rajoute lorsque je le peux.

La fin de la journée approche. Les animaux ont mangé. Avec Rosalie, je fais le tour des pensionnaires qui lui restent à voir. Bien qu'il y en ait actuellement quatre-vingts – cinquante-trois chiens et vingt-sept chats –, ma sœur tient à passer un peu de temps avec chacun d'eux au cours de la journée. Tour à tour, elle parle, elle caresse, elle joue. Elle observe. Elle rassure. Bien sûr, je ne suis pas en reste. Je tente d'apporter à ces animaux un peu de cette affection dont ils ont tous un immense besoin. Mis à part certains chiens encore sauvages et agressifs dont je ne m'approche pas. Je sais pertinemment qu'il va falloir du temps à ceux-ci avant d'être sociabilisés. Avant qu'ils puissent accorder à nouveau leur confiance à l'être humain.

Dans les trois chatteries, jeux, arbres à chats et perchoirs, constitués principalement de bois et de ficelles, respectent le besoin naturel des petits félins de gratter et de se coucher en hauteur. De nombreux tapis aux couleurs gaies jonchent le sol. Des tipis accueillent les animaux qui ont besoin de s'isoler et de se cacher. L'ensemble est nettoyé chaque jour, de préférence dans la matinée. À ce moment-là, la majorité des chats se dégourdit les pattes dans l'espace extérieur sécurisé, avant la sacro-sainte sieste de l'après-midi.

Quant aux chiens, ils ont des enclos avec des niches à leur disposition et non des box. C'est une exigence essentielle de Rosalie, qui a souhaité réaménager l'espace dès qu'elle a pris la direction du refuge. « Ici, nous avons de la place », explique-t-elle aux visiteurs. « Je ne supporterais pas de voir mes petits protégés enfermés entre quatre murs. »

Ce soir, avant de rentrer chez elle, ma sœur a décidé d'avancer dans sa paperasserie administrative. Je me repose un moment sur le perron de l'accueil, une tasse de thé noir à la main.

Comme souvent ces derniers temps, ma rêverie me conduit vers mon aide ménagère. Je ne sais pourquoi quelque chose m'intrigue chez cette jeune femme. Quelque chose qui cloche dans son attitude et que je ne parviens pas à saisir. Une sorte de désespoir caché, affleurant au détour d'un geste, d'un regard, sans qu'elle en prenne conscience. Mais que je perçois distinctement. Océane me paraît à la fois forte et très fragile. Mais je me trompe, peut-être. Ce qui est certain, c'est qu'elle a sensiblement le même âge que ma Lili et cela me touche. Car ma fille me manque. Pourtant, physiquement, elles ne se ressemblent absolument pas. Océane est plutôt petite et fluette, alors que Lili a une silhouette élancée et musclée.

Depuis sa plus tendre enfance, ma fille a toujours été sportive. La natation et la plongée sous-marine se sont révélées assez vite ses domaines de prédilection. Il faut dire que l'île de Ré représente un lieu idéal pour cela. Un sourire vient étirer mes lèvres, tandis que je revois Lili, adolescente. Elle s'est d'abord entraînée avec le club de plongée *Nautilus.* De fin septembre à fin avril, je la conduisais chaque jeudi soir à Saint-Martin-de-Ré, au centre aquatique *Aquaré.* Le printemps et l'été, elle partait en mer avec son club. Je me souviens de son enchantement communicatif au retour de ses explorations. Elle nous parlait en détail des sensations vertigineuses qu'elle avait éprouvées, nous décrivait les dorades, les congres, les maigres et même les raies qu'elle avait pu croiser ! Au fil du temps, Lili a décidé de suivre une formation au monitorat. Rien ne semblait pouvoir la détourner de cette passion qui devenait dévorante. Une réflexion se forme instantanément dans mon esprit : *exactement comme son père...* En effet, Yann a toujours été féru de l'univers sous-marin. Outre l'occasion unique de nager à côté des poissons, il aimait plus que tout explorer les épaves des navires. Notamment l'*Arche* et le *Capenor*, un ancien bateau à vapeur échouée en 1917 près de nos côtes et situé à quarante-cinq mètres de profondeur. Rien que d'y songer, j'en frissonnais d'effroi. Mais Yann riait en se moquant gentiment de moi. « Une fois que tu possèdes la technique, il n'y a rien de dangereux », m'affirmait-il. « Tu ne sais pas ce que tu perds ! »

Je secoue la tête et décide de revenir à celle qui, en ce moment, occupe souvent mes pensées. Océane. Je ne regrette pas de l'avoir engagée pour s'occuper de ma maison. Elle est dynamique. Discrète. D'humeur agréable. Elle s'adapte facilement à mes demandes. J'ai également décelé en elle une réelle qualité d'écoute. À midi durant sa pause, tout en grignotant le repas qu'elle a apporté, elle est intensément attentive à mes propos. Elle penche un peu la tête et son regard d'un marron pailleté d'or ne me quitte pas. Je suis certaine qu'elle reçoit mes paroles sans les juger. Ses réflexions pleines d'empathie le prouvent. Décidément, cette petite est spéciale. Et sa présence me fait du bien.

Mercredi, je me suis excusée auprès d'elle. Il faut dire que je me sentais bien penaude après mon attitude excessive de la semaine dernière. Ou du moins, qui pouvait le paraître aux yeux d'Océane. Car pour ma part, encore si longtemps après, quand je pense à mon amour enfui ou que je l'évoque malencontreusement devant quelqu'un, mes émotions prennent invariablement le dessus. Elles m'envahissent. Je voudrais tellement les maintenir à la lisière de mes sentiments. Posséder cette maîtrise. Mais c'est plus fort que moi. Elles s'échappent en farandole. Me narguent. Me replaçant sans cesse devant mon invraisemblable découverte.

8

JOURNAL D'OCÉANE

Ars-en-Ré, jeudi 20 septembre 2018,

La rentrée scolaire a eu lieu. Justine est passée en CE2. Je ne m'inquiète pas pour elle, c'est une bonne élève. Attentive et appliquée. Je ne crois pas qu'il en sera de même pour Isao quand il se retrouvera en primaire. Pour l'instant, il est entré en moyenne section de maternelle. Mais d'après sa maîtresse de l'année dernière, c'est un vrai petit coquin qui ne tient pas en place. Ce qui se vérifie aussi largement à la maison. Depuis hier soir, Justine est un peu fiévreuse. J'ai appelé madame Pasquier pour lui demander si je pouvais l'emmener avec moi aujourd'hui. Je n'ai personne pour la garder et je sais qu'elle se tiendra sage, avec son album de coloriage et ses stylos-feutres. « Bien sûr », a répondu mon employeuse. « Je serai ravie de rencontrer votre fille. Si elle ne se sent pas bien, elle pourra s'allonger sur le canapé du salon. J'ai un plaid chaud et tout doux pour la recouvrir. »

– J'ai un gros rhume, a dit Justine après avoir poliment salué madame Pasquier.
Elle l'a considérée une seconde, puis lui a demandé :
– C'est quoi ta maladie ? Maman m'a dit que tu en avais une toi aussi.

Je lui ai fait les gros yeux et m'apprêtais à la gronder quand ma cliente est intervenue :

– Mais non, laissez-la. C'est normal de poser des questions à son âge.

Elle nous a alors révélé qu'elle souffrait de la maladie de Parkinson. Elle a expliqué patiemment ses troubles à ma fille, qui voulait en savoir plus sur cette pathologie. Elle a parlé des mouvements de ses bras et de ses jambes qui deviennent de plus en plus raides et lents. Du tremblement de ses doigts et de ses lèvres qu'elle a parfois du mal à maîtriser. Cela, je le savais déjà. Mais j'ai été surprise par la suite :

–Ce que l'on ressent peut être très différent d'une personne à l'autre. Moi, par exemple, j'éprouve des vertiges si je me lève trop vite d'une chaise ou de mon lit. J'ai de la peine à soulever les pieds quand je marche. J'ai également un tout petit filet de voix, tu as remarqué ? Quant à mon écriture, elle a beaucoup changé. J'écris plus petit qu'avant, avec des mots serrés les uns contre les autres. Tous ces symptômes sont dus à ma maladie. Et puis tu sais... elle me fatigue énormément.

Le ton calme et posé qu'a utilisé madame Pasquier a chancelé sur les derniers mots. Très étonnée, j'ai vu Justine aller spontanément vers elle, entourer sa taille de ses petits bras et poser sa tête contre sa poitrine, comme elle le fait souvent avec moi. Ma gorge s'est serrée. Des souvenirs récents sont remontés douloureusement à ma mémoire. J'ai senti que mes yeux étaient noyés de larmes amères. Au bout d'un long moment, ma fille a reculé d'un pas, relevé son visage fin d'un ovale parfait et s'est adressée très sérieusement à madame Pasquier :

– Je te souhaite plein de courage, madame, a-t-elle articulé avec une émotion perceptible dans sa petite voix aiguë.

– Tu peux m'appeler Albane, a affirmé gentiment madame Pasquier.

Et elle s'est tournée vers moi.

– Vous aussi, d'ailleurs, Océane. Cela me ferait très plaisir.

J'ai accepté de bonne grâce. Au fil des semaines, je trouve mon employeuse de plus en plus sympathique.

Justine a eu besoin de faire une sieste après le repas. Albane l'a confortablement installée parmi les coussins colorés du somptueux canapé en cuir écru. J'ai recouvert ma fille d'un joli plaid en mohair de teinte corail, avant qu'elle ne plonge dans un profond sommeil.

Quand Justine s'est réveillée, j'avais presque fini le ménage.

– Viens, a proposé Albane en la prenant par la main. Je t'ai préparé un goûter.

Ma fille s'est assise à la table de la cuisine, devant un bol de chocolat chaud et une assiette de cookies « maison ». Un peu gênée, j'ai protesté :

– Mais c'est trop, voyons !

– Bien sûr que non, a rétorqué Albane. C'est tout à fait normal de gâter une aussi adorable petite fille !

Cette délicate attention et ces paroles bienveillantes m'ont touchée.

Une fois mon travail terminé, j'ai rejoint Justine et Albane dans le salon. Cette dernière avait pris place dans un fauteuil du même cuir que le canapé, tandis que ma fille était *assise à ses pieds, sur le tapis assorti en pure laine vierge moelleuse. Albane feuilletait un album photo, dont elle montrait les clichés protégés par un film plastique à Justine.*

— *Regarde maman, s'est écriée ma fille en m'apercevant, c'est les chiens et les chats du refuge de Rosalie, la sœur d'Albane !*

Pour ma part, je ne savais pas que ma cliente avait une sœur. Et encore moins que celle-ci s'occupait de recueillir et placer des animaux dans des familles d'adoptants. Décidément, ma Juju a le don de susciter les confidences, ai-je pensé avec amusement.

J'ai jeté un coup d'œil à l'album et j'ai vu que chaque page était consacrée à l'un des petits protégés du refuge. Tout à coup, ma fille a pointé le doigt vers la photo d'un superbe chiot noir et blanc, ressemblant à une peluche.

— *Je le veux ! a-t-elle proclamé avec force.*

— *C'est le dernier arrivé, a précisé Albane. Il s'appelle Snoopy.*

Mes épaules se sont affaissées.

— *Je suis désolée ma puce, mais tu sais bien que papa ne voudra pas. Il n'aime pas les chiens et dit que ça met des poils partout.*

Devant la mine abattue de Justine, j'ai su qu'elle allait détester son père. Une fois de plus.

9

ALBANE

Ars-en-Ré,

26 septembre 2018

Cette année nous offre un formidable été indien. Bien que nous soyons officiellement en automne, les journées restent chaudes et les soirées très douces. C'est la raison pour laquelle, après le dîner, je me suis installée sur la balancelle du jardin. J'aime écouter le frou-frou et le pépiement des oiseaux qui se couchent. Guetter le moment où la rumeur du jour laisse place au silence nocturne. Attendre patiemment l'arrivée des premières étoiles, qui se mettront bientôt à clignoter au-dessus de notre érable au feuillage fourni. Ce moment particulier représente pour moi une pause bénie. Une sorte de méditation naturelle qui m'apaise.

De là où je me trouve, j'aperçois le salon à travers la large baie vitrée. Il est éclairé par notre lampadaire de style Art-Déco, en forme de croissant de lune. J'ai déniché cette merveille dans un magasin de notre village où j'adore chiner : *Brocante Insolite*. C'est le rendez-vous incontournable des amateurs d'objets anciens. Grâce à son abat-jour orientable, ce lampadaire original diffuse une lumière tamisée. Baptiste apprécie beaucoup cette ambiance intime quand il se détend le soir, en feuilletant la presse locale. Je souris tendrement en voyant sa longue silhouette penchée sur les pages du journal. Son visage concentré, aux traits si réguliers. Sa chevelure de neige étoffée, sans la moindre trace de calvitie, dont je suis si fière.

L'image de mon père s'impose soudain à moi. Le pauvre, ses cheveux se clairsemaient d'année en année. Mais loin d'en être alarmé, il était conscient qu'il s'agissait là d'un des signes inéluctables du temps qui passe. « Il faut bien accepter ces marques liées à notre âge. Un peu comme les rides du sourire au coin de tes jolies lèvres », observait-il, tout en amusant ma mère avec ses grimaces de pitre. Mon père me manque. Juste avant que mon existence ne dérape tout à fait, il est parti vers les étoiles. Il y a vingt-six ans maintenant. Mais un être aimé qui a quitté notre Terre laisse toujours dans le cœur un vide que l'on ne peut combler.

Cela me ramène à Yann. Un autre absent de la famille, même s'il est sans doute vivant, lui. Désormais, je suis heureuse avec Baptiste. Notre amour me réchauffe à chaque instant. Cependant, il ne se passe pas un seul jour actuellement sans que je songe à ce qui a fait basculer mon existence. Je ferme les paupières et le film de ma vie se déroule.

C'est lui, Baptiste, qui m'a aidée après la disparition de Yann. Jour après jour, il m'a entourée de son discret mais efficace soutien, comme nous l'avions fait pour lui, Yann et moi, trois ans plus tôt quand il avait perdu sa femme Christelle.

Les images d'une amitié sincère remontent à ma conscience, aussi nettes que si elles dataient d'hier. Jusqu'au décès de Christelle, nous formions deux couples d'amis très proches. Nés tous les quatre la même année. Qui plus est, entre début avril et fin mai, ce qui nous amusait énormément. Nous organisions toujours un week-end pour fêter nos anniversaires ensemble. Tantôt chez nous dans notre lumineux appartement de La Rochelle, tantôt chez nos amis qui habitaient une belle maison sur l'île de Ré, non loin du pont qui relie cette dernière au continent. Jeunesse. Joie de vivre. Légèreté. Fantaisie. Voilà les mots qui me viennent, cette insouciante gaieté qui se rappelle à moi, quand je contemple les photos de cette époque dans les deux albums que j'ai conservés.

J'avais rencontré Christelle à l'école supérieure des Beaux-Arts de Bordeaux, où nous étions étudiantes. À l'époque, elle était déjà mariée avec Baptiste. Elle rentrait en Charente-Maritime tous les week-ends, alors que j'appréciais les plaisirs de la grande ville et ne revenais chez mes parents que pendant les vacances scolaires. À la fin de mes études, j'ai cependant décidé de retourner dans ma région. Christelle – qui en avait les moyens financiers – avait ouvert une galerie d'art dans les vieux quartiers de La Rochelle et nous projetions d'y exposer nos œuvres. Je revois nettement mon amie. Ses longues jambes bien galbées. Ses adorables fossettes. Son regard noisette pétillant. Son enthousiasme communicatif. Elle excellait en peinture de paysages marins et n'a pas eu de mal à commercialiser ses tableaux. Je possède d'ailleurs l'une de ses époustouflantes marines, qui décore admirablement un mur du salon. Personnellement, j'ai toujours préféré dessiner. Les portraits au fusain sont ma grande spécialité et j'avoue que j'ai de nombreux acheteurs réguliers. Ils sont venus peu à peu, lors de mes expositions régulières dans les galeries d'art contemporain se trouvant sur l'île. J'ai beaucoup vendu en été, quand les touristes pullulent, bien sûr. Ces revenus tirés de mon art m'ont toujours suffi pour vivre. Et si la galerie de Christelle a été vendue depuis longtemps, mon site internet est très visité. Le press-book de mes meilleurs dessins et les articles de presse qui les encensent me valent des éloges de toutes parts.

Quant à Baptiste, il était l'ami d'enfance de mon mari. Ils avaient grandi dans la même rue près du port de La Rochelle et adoraient sortir en mer dès que possible, sur le bateau de pêche du père de Baptiste. C'est donc Christelle et Baptiste qui m'ont présenté Yann. Le coup de foudre a été immédiat.

Malheureusement, la vie est rarement telle qu'on la rêve. Un jour, on a diagnostiqué à Christelle un cancer des os. À partir de cette date, elle a vécu à peine six mois. Nous avons tous les trois été atterrés. Notre univers radieux s'écroulait. Yann et moi avons soutenu Baptiste de notre mieux. Avec sa femme, ils n'avaient pas eu d'enfant.

Ensuite, c'est mon mari qui est sorti de ma vie du jour au lendemain. Rien ne m'avait préparée à cet arrachement. Fulgurance. Foudroiement. Sidération. La souffrance et l'hébétement m'ont longtemps accompagnée. Ils sont d'ailleurs encore présents en moi. Yann m'a bel et bien volé ma sérénité.

Je n'ai pas pu avouer la vérité à Lili. Je ne l'ai d'ailleurs jamais révélée à personne. Cela m'était absolument impossible. Comment aurais-je pu confier ce qui s'est réellement passé ce douze août 1992 ? Prononcer des mots qui me crucifiaient ?

Sans que je m'en aperçoive, la fraîcheur est tombée dans le jardin. Je resserre frileusement mon châle de dentelle autour de mes épaules. Snoopy, qui dormait à mes pieds, se réveille et m'emboîte le pas. En effet, j'ai demandé à Baptiste si nous pouvions adopter l'adorable petit chien. Mon homme a tout de suite accepté, m'accompagnant au refuge lorsque nous sommes allés le chercher. Baptiste est marin-pêcheur et il sait que ses longues journées passées en mer me pèsent quelquefois, quand je suis trop fatiguée pour aller aider Rosalie. « Non seulement tu te sentiras moins seule, mais je serai rassuré de savoir qu'un bon gardien veille sur toi ainsi que sur notre demeure », a-t-il déclaré en s'agenouillant pour caresser le chiot, qui remuait la queue comme un fou.

Tout en revenant à petits pas vers la chaleur bienfaisante de la maison, je me remémore brièvement la suite des évènements après le départ de Yann. Notre amitié avec Baptiste, se transformant peu à peu en des sentiments plus forts. Réciproques. Notre désir de reconstruire quelque chose ensemble au bout de deux ans.

Lili croit fermement qu'elle et moi vivions à La Rochelle en ce temps-là et je ne l'ai pas détrompée. Cela m'arrange. J'ai toujours maintenu ma fille le plus loin possible de la réalité. En vérité, son père et moi avions déjà acheté notre maison à Ars-en-Ré et nous y vivions quand le drame a eu lieu. Mais Lili était trop petite pour pouvoir s'en souvenir aujourd'hui.

Baptiste a accepté de venir s'y installer avec nous deux. La maison est grande. Suffisamment pour y accueillir à l'époque un nouveau membre de la famille. Car notre petit Gaëtan s'annonçait. Il est né le jour des sept ans de Lili.

Il paraît que certaines personnes sont essentiellement tournées vers l'avenir. Moi, je n'y parviens pas. Pour cela, il faut sans doute avoir fait la paix avec son passé. Ce qui est loin d'être mon cas. Je soupire longuement. La décision cruciale que j'ai prise il y a tant d'années, le regard tourné vers l'infini de l'océan, n'a pas amélioré les choses. Bien au contraire.

Je m'interroge : pourquoi mes souvenirs me tourmentent-ils autant en ce moment ? Ils m'ont pourtant laissée à peu près tranquille durant de nombreuses années. Est-ce parce que des milliers de kilomètres nous ont récemment séparées, Lili et moi ? L'éloignement de ma fille a-t-il réactivé mon ancienne blessure ? Heureusement, Gaëtan travaille avec son père dans l'entreprise familiale et vit toujours avec nous. Nos deux pêcheurs font mon bonheur de chaque jour.

Mettant fin à mon questionnement intérieur, Snoopy se met à gémir. Je comprends, à ses yeux expressifs levés vers moi, qu'il a besoin d'attention. Je le prends dans mes bras et j'enfouis mon visage dans sa fourrure douce et épaisse. Un sourire aux lèvres, je pense à la joie de la petite Justine la prochaine fois qu'elle viendra me voir.

Deuxième partie

Une bouteille à la mer

1

LILI

Île d'Hanimaadhoo, Maldives

25 octobre 2018

Lorsque je suis arrivée sur l'île d'Hanimaadhoo pour y prendre mon poste de biologiste marine, j'ai été étonnée car elle est toute petite : moins de sept kilomètres de long sur sept cents mètres de large. Pourtant, elle abrite un charmant village de pêcheurs. On peut louer un vélo VTT à l'hôtel où je travaille et partir à la rencontre des autochtones, afin de se familiariser avec leur culture et leurs coutumes.

Loin des gigantesques complexes touristiques que l'on trouve souvent aux Maldives, l'hôtel est de dimension modeste. Au cœur d'un luxuriant parc tropical, il a été créé dans un objectif de développement durable et suit les principes d'un tourisme responsable. Tous les bâtiments sont construits en bois local. L'électricité est produite par des panneaux photovoltaïques. Le recyclage des déchets est largement encouragé et un effort réel est mis en place pour réduire le plastique. Par exemple, les bouteilles d'eau du restaurant ainsi que celles distribuées chaque jour dans les chambres sont uniquement en verre. Certains jours sont dédiés au nettoyage de la plage. Les hôtes sont conviés à y prendre part.

Quant à moi, lors des excursions que j'organise, je sensibilise les voyageurs à la protection de la faune et de la flore des récifs. Ceux qui désirent davantage de détails participent aux conférences sur ce thème que j'anime avec passion, trois fois par semaine. Je décris également le partenariat de l'hôtel avec des associations qui protègent les tortues marines et les raies manta. Enfin, les touristes peuvent avoir accès à une « pouponnière pour coraux », dans laquelle ces microscopiques animaux marins secrétant de fantastiques arborescences calcaires grandissent et se développent en toute quiétude, grâce à un programme de régénération du corail mis en place par des scientifiques. Une fois leur taille adulte atteinte, les coraux sont replantés dans le récif.

Bref, tout concourt à ce que la fervente adepte du développement durable que je suis, se sente bien sur cette petite île tropicale, entourée de son anneau turquoise. J'aime me laisser bercer par le chant du vent, qui joue entre les grandes palmes comme les cordes d'une lyre. Accompagner les visiteurs sur le lagon à l'eau translucide. Leur faire découvrir l'un des écosystèmes marins les plus riches au monde.

Si je ne m'étais pas fixé l'objectif, au résultat

incertain et particulièrement stressant, de retrouver mon père dans l'un des atolls coralliens constituant les Maldives, ici serait mon paradis.

Avec un groupe de touristes, je rentre tout juste d'une sortie d'observation des dauphins. Nous avons eu la chance d'être accompagnés durant une bonne demi-heure par tout un pod *(5)* de ces fascinants animaux. Jouant avec les vagues, frôlant notre embarcation, ils nous ont émerveillés. Assise en tailleur à la proue du *dhoni*, j'aurais presque pu les toucher du doigt en me penchant un peu.

Une fois le groupe débarqué sur le quai et le matériel rangé dans le centre de plongée, ma journée de travail est terminée. En effet, le vendredi soir, je n'anime pas de conférence. Je traverse donc le parc aux arbres immenses et aux fleurs de couleurs vives, afin de me rendre à mon logement. Avant de gravir la volée de marches qui permet d'y accéder, je me rince les pieds dans l'eau du petit bac en pierre dédié à cet usage, placé au bas de l'escalier en bois. Car ici chacun se déplace sans chaussures et transporte automatiquement du sable avec lui.

Ma chambre n'est pas grande, mais elle comporte un décor sobre très agréable dans les tons beige clair et vert d'eau. La salle de bains, en pierres naturelles, comprend une fenêtre en hauteur ouverte sur l'extérieur et agrémentée de l'indispensable moustiquaire. J'y entre et m'assois sur le tabouret en bois de cocotier. Je retire le chouchou couleur émeraude qui retient mes longs cheveux bruns malmenés par le vent marin, l'iode et le sel. Je prends le temps de les démêler longuement, avant de m'octroyer une douche tiède bienfaisante. Puis, je décide de me reposer un peu dans l'unique fauteuil de ma mini terrasse privative. Celui-ci, rembourré par les fines graines de je ne sais quelle plante tropicale, prend la forme exacte de mon dos. Je n'en ai jamais vu de tel en France. J'adore m'y poser un moment dès que j'en ai l'occasion. J'en retire une sensation de confort absolu.

Tout en grignotant quelques lamelles de noix de coco fraîche, je souris à mon compagnon du moment : un renard volant installé au sommet du cocotier face à ma terrasse. Il tient une petite mangue serrée entre ses pattes et manifestement, il se régale lui aussi. Quelle drôle de créature ! J'ai appris que les chauves-souris sont les seuls mammifères au monde capables de voler. Accrochés à l'envers à la cime des arbres durant le jour, il faut attendre la fin de l'après-midi pour pouvoir observer les renards volants du parc.

Comme chaque soir avant le repas, je vais aller jeter un œil au tableau où les hôtes s'inscrivent à mes excursions. Suivant la météo prévue ou le nombre de personnes inscrites, je décide de valider ou non les sorties du lendemain.

Mais avant cela, j'irai faire un détour par la plage. Certains soirs, un soleil incroyable enflamme l'horizon. Énorme et d'un rouge profond. Comme suspendu au-dessus de l'océan. On se croirait plongé dans l'univers d'un film de science-fiction. L'astre à la taille invraisemblable et à la couleur irréelle trouverait sans peine sa place dans une œuvre évoquant une galaxie lointaine. C'est indescriptible. Envoûtant. Magique.

Après avoir validé l'excursion « tortues marines » de demain matin et celle de l'après-midi au Baarah Corner *(6)*, je m'assois près du tableau, pour pouvoir guider et conseiller les retardataires qui souhaiteraient y participer. Je me rends toujours disponible en fin de journée pour répondre aux nombreuses questions des touristes. Certains sont carrément intarissables, mais à chaque fois, c'est un plaisir pour moi de les renseigner.

Mon fauteuil se trouve près du restaurant. J'observe avec amusement le ballet des serveurs s'empressant auprès des clients. Mes collègues sont très élégants avec leur long sarong *(7)* noué savamment autour des hanches. Ils installent les dîneurs et apportent les boissons sur les tables tout en se déplaçant avec aisance, pieds nus sur le plancher en bois. Contrairement au personnel de ménage ou aux jardiniers du parc issus majoritairement du village voisin, les serveurs sont originaires du sud de l'Inde − à moins de cinq cents kilomètres d'ici car Hanimaadhoo se situe au nord des Maldives−, du Sri Lanka ou du Bangladesh comme Shabhaj. La fierté d'échanger avec les voyageurs les quelques mots qu'ils connaissent en français, allemand ou italien, transparaît sur leurs visages basanés.

Soudain, j'aperçois Shabhaj, qui se tient près de la porte des cuisines, le dos un peu voûté. D'habitude, il déborde d'énergie et de bienveillance envers nos hôtes mais depuis deux jours, il arbore un air triste. Abattu. Il semble complètement démoralisé.

De nature discrète, je n'ai pas osé interroger mon ami. Mais ce soir, mes pas me portent vers lui. Sans réfléchir. Je pose une main sur son bras et il sursaute. Perdu dans ses pensées, il ne m'a même pas vue arriver. En le regardant bien en face, je murmure avec un brin d'humour :

– Après notre repas, je veux que tu me dises ce qui ne va pas, Shabhaj. Tu vas finir par faire fuir tous nos visiteurs depuis qu'une vilaine moue a remplacé ton joli sourire.

Il émet une sorte de ricanement crispé, puis il se reprend et me répond dans un souffle :

– D'accord, Lili. À toi, je veux bien en parler.

(5) pod : groupe familial très soudé de dauphins, marsouins ou baleines.

(6) Baarah Corner : spot de plongée se trouvant sur le récif sud-est de l'île de Baarah, au nord d'Hanimaadhoo.

(7) sarong : pièce de tissu traditionnelle, que l'on enroule autour du bas du corps et que l'on noue à la hauteur des hanches.

2

LILI

Île d'Hanimaadhoo, Maldives

25 octobre 2018

— Viens, me dit Shabhaj en me prenant par la main, on va au village.

— Maintenant ?

Devant mon air étonné, il s'explique :

— J'ai promis à mon ami Sozib que je lui rendrais visite ce soir après le dîner. Il habite dans l'une des maisons basses près de l'école.

Shabhaj fronce soudain ses sourcils fournis, aussi noirs qu'une nuit sans étoiles.

— Tu es OK pour m'accompagner ?

Je le rassure aussitôt avec un grand sourire.

— Avec plaisir. Je veux bien rencontrer Sozib ; ce sera une belle occasion pour moi de m'immerger dans la vie locale.

En effet, l'hôtel organise régulièrement une excursion dans le village, à laquelle j'ai participé plusieurs fois. Après la découverte des lieux, les voyageurs sont reçus dans une famille maldivienne autour d'une tasse de thé – l'alcool étant strictement interdit dans l'archipel. Durant une petite heure, ils peuvent ainsi partager un moment privilégié et poser des questions à leurs hôtes qui parlent anglais. Il s'agit d'une opportunité très rare aux Maldives, comprenant surtout des « îles-hôtels » réservées exclusivement aux touristes. Mais mis à part ces autochtones choisis, je ne connais personne d'autre au village. Je n'ignore pas que Shabhaj a une grande facilité relationnelle. Autant avec le personnel de l'hôtel qu'avec les vacanciers. Et tout le monde l'adore. Aussi, je ne suis pas surprise qu'il ait créé des liens avec ce Maldivien. De sa démarche souple et rapide, mon ami m'entraîne alors vers le garage à vélo.

Éclairés par une superbe pleine lune, nous pédalons sur la route étroite et non goudronnée. Elle est bordée par des bananiers regorgeant de fruits mûrs, pas très gros mais que je sais juteux à point, comme ils savent l'être sous les Tropiques. Nous arrivons rapidement à l'entrée du village, dépassons de vieilles habitations aux murets constitués de pierres grisâtres. En fait, il s'agit de corail, très utilisé autrefois comme matériau de construction. Dans les rues sont garées des nuées de mobylettes, principal moyen de transport des Maldiviens, jeunes ou vieux. Comme un tiers de la population mondiale, les gens roulent ici à gauche. Cela ne me gêne plus, contrairement à mes premières semaines dans l'île.

L'air embaume le jasmin. Nous passons devant

l'école, dont les murs sont peints d'un joli bleu de cobalt. Quelques maisons plus loin, Shabhaj pose sa bicyclette contre une façade et m'invite à faire de même. Dans la cour attenante aux murs noircis, j'aperçois une marmite posée sur un trépied au centre d'un feu de bois.

– Je fais baigner des petits thons jaunes pendant vingt-quatre heures dans de l'eau salée, nous explique Sozib, venant d'ouvrir la porte de sa demeure afin de nous accueillir. Ils resteront ensuite deux jours dans un séchoir chauffé avec des coques de noix de coco.

Je sais qu'ici, le riz et le thon représentent l'essentiel de la nourriture. Les îliens consomment ce poisson tout au long de la journée, commençant dès le petit-déjeuner avec le Mas Huni, préparation où on l'émiette avant de le mélanger à du citron vert, du piment, des oignons émincés et de la noix de coco râpée. De multiples préparations traditionnelles permettent de déguster le thon sous des formes variées : cru en marinade, cuit en soupe, frit en croquettes, beignets ou encore farci, fumé, séché…

Vêtu de la tenue quotidienne que portent ici presque tous les hommes : tee-shirt blanc et *feyli (8)* rouge carmin, Sozib nous invite à entrer, avant de nous présenter son épouse. Mariyam est une belle femme au visage d'un ovale parfait, encadré par un hijab, ce voile qui couvre les cheveux, les oreilles et le cou. Dans l'archipel, l'unique religion est l'islam. Les gens parlent le dhivehi *(9)*, une langue qui s'est enrichie au fil du temps par des mots issus de l'arabe. Mais Sozib se débrouille très bien en anglais et il ne me sera pas difficile de suivre ou de me mêler à la conversation.

Shabhaj, l'air moins soucieux qu'au restaurant, se lance dans une discussion sur une partie de pêche apparemment prévue bientôt avec son ami. Je me félicite de l'avoir accompagné et de retrouver sur ses traits un peu de l'enthousiasme qui le caractérise.

Sozib et Mariyam font honneur au grand sens de l'accueil maldivien. La jeune femme sert à chacun une tasse bien sucrée de thé noir avec une belle dose de lait, comme les Anglais. Des souvenirs historiques remontent à ma mémoire et je me rappelle que les Maldives ont longtemps été un protectorat britannique. Puis Mariyam apporte sur la table une assiette débordant de *cutlus*, ces croquettes croustillantes au thon, pommes de terre, ail et piment, qu'elle a fait frire après les avoir roulées dans de la chapelure.

– C'est bon, n'est-ce pas ? m'interroge Sozib, la bouche pleine.

Je lui réponds avec sincérité :

– Oh oui, mais qu'est-ce que c'est épicé !

Nous éclatons tous de rire.

Sozib me sert gentiment un verre de *Raa (10)* pour faire passer la sensation pimentée qui me reste en bouche.

À Hanimaadhoo, nous sommes actuellement en saison des pluies, correspondant à la mousson du sud-ouest, l'*hulhangu*, qui dure de mai à novembre. Une forte houle étant attendue dès demain, Sozib explique à Shabhaj qu'ils iront pêcher dès que la météo le leur permettra. Hors du lagon et tôt le matin. Notant mon intérêt, il se tourne vers moi et précise fièrement :

– Je pêche à la ligne comme mon père, à l'arrière de mon *dhoni,* en laissant dériver un filin en plastique d'une centaine de mètres avec un faux poisson en guise d'appât. Les prises ont diminué, mais ce métier me permet encore de gagner ma vie. Et vous savez, ici, dans l'atoll de Haa Dhaalu, nous sommes heureux de perpétuer ce savoir-faire ancestral qui protège notre écosystème si fragile !   Alors, j'explique à mon tour que mon beau-père Baptiste pratique également pour son plaisir la « pêche au leurre ». Une fois, je l'ai accompagné en mer. Cette technique est très visuelle et riche en émotions car l'attaque du poisson se fait en surface. Sozib est suspendu à mes lèvres. J'omets simplement de préciser que mon beau-père possède un bateau à moteur puissant, ne pouvant être comparé au *dhoni* de mon hôte. Je ne voudrais surtout pas le vexer.

Puis la conversation roule sur l'épicerie du village, tenue par le frère de Sozib. J'y suis entrée plusieurs fois. On y trouve de tout, depuis les produits alimentaires, les savons aux plantes ayurvédiques *(11)*, jusqu'aux grands rouleaux de tissus qui permettront de confectionner des sarongs. Mais on ne prend pas les dollars dans ce magasin et ne possédant pas de monnaie locale, je n'ai rien pu acheter.

– Nous avons tout sur l'île, explique fièrement Sozib. L'école, la mosquée, le centre de santé, le poste de police, l'aéroport pour les vols intérieurs...

Shabhaj ajoute gravement :

– Sans compter l'observatoire qui étudie les changements climatiques de la région, car la montée des eaux est quand même problématique pour l'avenir des Maldives...

Ce à quoi nous acquiesçons tous dans un silence consterné.

Désirant vraisemblablement alléger l'atmosphère, Sozib propose :

– Voulez-vous voir les créations de Mariyam ? C'est une excellente couturière.

La jeune femme rosit de plaisir sous le compliment. Nous nous rendons dans une petite pièce attenante où trône sur une table la machine à coudre dont la marque me paraît plutôt ancienne. Des coupons d'étoffes bariolées s'entassent dans une panière. Je m'avance vers une chaise où sont empilées une dizaine de jolies trousses de toilette aux couleurs gaies et aux motifs de coquillages.

– Le tissu choisi est résistant et imperméable, explique timidement Mariyam. Sur l'île, nous sommes plusieurs femmes à réaliser ces articles. Ils sont vendus dans les boutiques des hôtels, où nos collègues tailleurs cousent uniquement des tenues vestimentaires, réalisées la plupart du temps sur mesure pour les touristes.

– Mariyam crée aussi des *dhivehi libaas (12)*, dont la technique de fabrication s'est transmise à travers les générations, n'est-ce pas, Mariyam ?

La jeune femme nous montre alors des robes traditionnelles dont l'élégance réside dans une époustouflante encolure nommée *Kasabu viyun,* ornée de lacets dorés et argentés.

– Les voyageurs en sont friands, nous confie-t-elle.

Avec une pointe de fierté non dissimulée, Sozib lance une discussion animée à propos de l'artisanat aux Maldives, où la plupart des objets sont façonnés à la main. Nous évoquons les bijoux, faits à partir de carapaces de tortue ou de corail – sauf le corail noir qui est interdit. Les petits tapis en fibres de joncs ou de roseaux. Les articles en écorce d'hibiscus ou de noix de coco. Les boîtes et vases en bois laqué, délicatement sculptés avec des motifs à fleurs, produits principalement dans l'atoll de Baa.

L'heure tourne et nous devons prendre congé de nos hôtes. Sozib remet à Shabhaj un gros sachet empli de *cutlus,* en lui faisant promettre de les partager avec moi. Mariyam m'offre un sublime *dhiveli libbas* d'un rouge profond.

– Il faudra revenir nous voir, me glisse-t-elle à l'oreille en me serrant dans ses bras.

La générosité de ces Maldiviens, qui ne me connaissaient pas il y a quelques heures, amène des larmes d'émotion dans mes yeux.

À peine leur porte refermée derrière nous, un intense abattement se peint à nouveau sur le visage radouci de Shabhaj. Aussi, tandis que nous pédalons énergiquement sur le chemin du retour, je me promets que mon ami n'ira pas se coucher sans m'avoir révélé auparavant la cause de sa profonde tristesse.

(8) : feyli : sarong rouge foncé ou noir avec des bandes blanches sur le côté.

(9) dhivehi : langue indo-iranienne parlée aux Maldives, apparentée au cinghalais et aux dialectes du sud de l'Inde.

(10) Raa : sève de tronc de palmier qui fait office de boisson nationale.

(11) ayurvédique *: l'Ayurvéda est une médecine ancestrale indienne. Selon elle, certaines plantes dites ayurvédiques, permettent de retrouver la santé en équilibrant nos trois énergies vitales ou « doshas ».*

(12) dhivehi libaas: le dhiveli libbas est la plus ancienne robe traditionnelle portée par les femmes aux Maldives, lors des danses, cérémonies et occasions spéciales.

3

ALBANE

Ars-en-Ré

25 octobre 2018

— Mes parents vivent à Saint-Jean-de-Luz, ainsi que ma sœur aînée, Séléna, m'explique Océane. Je suis née dans cette ville si agréable. Je l'adore. Pour moi, c'est la perle de la côte basque.

Je lui réponds gaiement.

— Je comprends tout à fait votre amour pour votre région natale. J'aime aussi beaucoup le Pays Basque. Notamment ses maisons typiques. Ces pans de bois apparents, ces volets et balconnets de même couleur, tranchant joliment sur le blanc des façades.

— C'est le style architectural « labourdin », précise la jeune femme avec fierté. On le nomme *etxea*, en basque. Les toitures sont asymétriques car la façade principale est tournée vers le soleil du matin. Les murs sont blanchis à la chaux. Quant aux couleurs des colombages, elles restent très locales. On disait autrefois que le rouge foncé très spécifique, ou *baigorry*, provenait du sang de bœuf. En réalité, c'est de l'oxyde de fer. Il y a aussi le « vert sapin », « vert noir » ou « vert wagon », également pigmentés par le minerai de fer, très présent dans le sol. Ou encore le « bleu pétrole » et le « bleu saphir » luzien, qui complètent la palette des teintes.

À travers les propos documentés et le ton enthousiaste de mon aide ménagère, je ressens également une petite pointe de nostalgie. Ne souhaitant pas la brusquer, je lui demande avec douceur :

– Vous auriez aimé rester là-bas ?

Océane paraît réfléchir. Son beau regard doré s'est légèrement voilé.

– Mon mari est infirmier et il a été muté ici, au Centre Hospitalier de Saint-Martin-de Ré. Alors, je n'avais pas trop le choix, je l'ai suivi.

Puis elle change brusquement de sujet et m'interroge à mon tour :

– Et vous ? Vous avez toujours vos parents ?

Bien sûr, elle ne peut pas savoir qu'elle touche là un sujet extrêmement sensible pour moi. Je préfère lui mentir :

– Ils résidaient sur l'île de la Réunion et ma mère y est restée après le décès de mon père.

Heureusement, le garçonnet tout blond qui vient se jeter dans les jambes d'Océane m'évite de glisser dangereusement sur ce terrain miné.

– Maman, maman, regarde ! nous interrompt-il, un dessin un peu chiffonné à la main.

C'est le petit Isao. Comme nous sommes en pleines vacances scolaires de la Toussaint, j'ai proposé à Océane d'emmener ses enfants avec elle à la maison. Je les ai accueillis avec un grand plaisir. Je ne connaissais pas Isao, mais il est craquant. Tout comme sa grande sœur. Ils étaient jusque-là occupés à dessiner sur la table basse du salon, Snoopy à leurs pieds, tandis que nous sirotions tranquillement un expresso avec leur mère. Je trouve normal d'accorder une pause à Océane en milieu d'après-midi. Cette petite, travailleuse et efficace, le mérite. Nous nous sommes donc installées à la cuisine, tout en bavardant agréablement pendant quelques minutes.

– C'est très beau mon chéri, le complimente Océane. Ton soleil est magnifique !

Le visage du petit garçon resplendit de bonheur. Il se love entre les bras de sa mère, en vue d'un gros câlin. Du coin de l'œil, j'aperçois Justine qui se tient dans l'embrasure de la porte. Bras croisés. Sourcils froncés, formant presque une barre au-dessus de ses yeux d'un bleu magnifique. Lèvres serrées. Elle ne paraît vraiment pas ravie de contempler cet affectueux tableau. Faisant diversion, je me lève pour attraper un paquet de cookies dans le placard.

– Vous voulez goûter, les enfants ? Il me semble que c'est l'heure !

Après avoir jeté un regard noir à sa mère, Justine vient nous rejoindre. Snoppy arrive également, quémandant une friandise qu'il n'obtient pas. Ce n'est pas du tout l'heure pour lui, non mais quel gourmand ce chien !

Les biscuits aux pépites de chocolat et les jus de fruits ont été engloutis. La fillette semble s'être calmée. Isao attrape un sac en toile de jute contenant un tas de petites voitures colorées en métal. Il se rend sur le tapis du salon, s'allonge et commence à les faire rouler. Nous pouvons l'apercevoir par la porte de la cuisine laissée entrebâillée. Les « broum broum » sonores qui nous parviennent nous font sourire toutes les trois.

— Je vais finir mon dessin, nous informe Justine.

Snoppy la suit. Mais avant de quitter la cuisine, elle se retourne vers sa mère. Puis elle décoche des phrases assassines qui fusent en éclaboussant ce doux moment :

— De toute façon, papa a raison. Maman, elle est bonne à rien. Elle sait faire que le ménage et la cuisine.

Océane a baissé la tête. Elle baragouine quelques mots d'une voix blanche, pour justifier les paroles sa fille :

— Justine est très jalouse de son frère. Je n'aurais pas dû le prendre dans mes bras devant elle.

Elle ne gronde pas l'enfant. Pourtant cette dernière, que je trouvais jusqu'à présent si charmante, vient d'asséner avec violence des propos inconcevables. Sa mère ne peut donc pas câliner son petit frère ? D'où vient ce sentiment si excessif qui a submergé Justine ? Dans quel terreau plonge-t-il ses racines ? Pourquoi les termes rapportés ainsi que l'attitude sans appel sont-ils d'une invraisemblable dureté ?

J'observe mon aide ménagère. Ses doigts tremblent et elle les tord en tentant de refouler ses larmes. Je me remémore le désespoir qui affleure parfois dans son regard et que jusqu'ici, je ne parvenais pas à cerner. Je pense aussi à son manque de confiance en elle, quand elle se confond en excuses en se jugeant maladroite. À sa tendance à se dévaloriser. Ne m'a-t-elle pas affirmé une fois qu'elle se trouvait « moche », alors que beaucoup lui envient sans aucun doute sa silhouette petite mais parfaitement proportionnée ? Ses traits adorables ? Son énergie et sa vivacité d'esprit ? Maintenant, je comprends mieux. Les mots que vient de répéter Justine ne sont que la partie émergée de l'iceberg.

Un silence pesant envahit la pièce. À la faveur de nos instants de confidences, l'amitié naissante que j'éprouve pour la jeune femme s'est approfondie de semaine en semaine. Aussi, je m'autorise à demander : « Votre mari dit vraiment ça de vous, Océane ? »

J'espère qu'elle ne se braquera pas et ne percevra dans ma question que la plus grande bienveillance.

4

JOURNAL D'OCÉANE

Ars-en-Ré, vendredi 26 octobre 2018

Un plumeau à la main, j'époussette les meubles du salon de ma petite mamie préférée. Pour moi, une « mamie », c'est une femme au-delà de quatre-vingts ans. Bien sûr, on me rétorquera qu'à soixante ans, on peut déjà être grand-mère depuis un bon moment. Mais quand je pense à mon employeuse Albane qui est soixantenaire, je dois bien admettre que je la considère davantage comme une deuxième maman. D'ailleurs depuis hier, bien que je tente de l'en chasser, l'image Albane ne me quitte pas.

Je ne me suis pas fâchée contre Juju, quand elle a brutalement prononcé les phrases dévalorisantes dont son père m'abreuve. D'abord, elle n'est qu'une petite fille qui ne se rend pas vraiment compte de la portée de certaines paroles. Et puis ce que dit Rodolphe est vrai. Je suis nulle. Archi nulle. Maladroite. Empotée. Pas intéressante pour un sou. J'ai tellement de chance qu'un infirmier comme lui se soit entiché d'une fille comme moi. Parce qu'en plus de ça, je ne suis même pas jolie.

Il est midi et j'ai terminé mon travail du matin. Après avoir embrassé la petite mamie qui m'emploie deux fois par semaine, je remonte sur mon vélo. Il fait très beau aujourd'hui et je sais que je serai seule à la maison pour grignoter mon repas léger. Les enfants sont à l'école ; Rodolphe ne rentre jamais à midi. Alors, je décide de passer à la boulangerie m'acheter un sandwich thon-crudités-mayonnaise, comme je les aime. J'irai le manger sur un banc au bord de la plage. Ce sont les vacances de Toussaint, il y aura quelques touristes, mais rien à voir avec la surpopulation estivale.

J'emprunte les venelles pavées où fleurissent les roses trémières durant tout l'été. Tandis que je pédale avec vigueur, je remarque combien je suis sensible au charme d'Ars-en Ré, classé comme l'un des « plus beaux villages de France ». Ce n'est pas la première fois que je me fais cette réflexion. Je préfère Saint-Jean-de-Luz, bien sûr, car c'est ma ville. J'éprouve un petit pincement au cœur d'avoir dû la quitter. Et surtout de m'être éloignée de mes parents et de Séléna, ma sœur chérie. Mais vivre à Ars représente tout de même une belle opportunité ; j'aurais tort de me plaindre. Je comprends les touristes qui viennent de loin pour admirer les délicieuses maisons blanches aux volets verts. Qui flânent sur les quais du pittoresque port de plaisance. Hument son atmosphère authentique. Roulent sur les pistes cyclables menant aux marais salants, à la faune et la flore si diversifiée.

Je passe devant l'église Saint-Étienne, de style roman et gothique à la fois. Rodolphe m'a appris que sa plus ancienne partie a été bâtie au VIIème siècle. C'est le cœur du village. Mon mari m'a également expliqué qu'avant la construction des phares de l'île, le clocher octogonal noir et blanc servait de guide aux bateaux pour entrer dans la baie du Fier. C'est *un homme érudit, Rodolphe.*

La marée est basse. De nombreux amateurs de « pêche à pied », se trouvent sur la plage. Chaussés de bottes en caoutchouc, ils sont munis d'une épuisette, d'une griffe pour fouiller le sable et d'un seau ou d'un panier pour rapporter leur précieux butin. J'aimerais avoir le temps de les rejoindre afin de dénicher les coques, palourdes, pétoncles et couteaux dont Rodolphe raffole. Quand je cuisine pour mon mari un plat de coquillages, son humeur s'adoucit toujours.

Ma pause a filé à grande vitesse. Pendant que je récupère ma bicyclette appuyée contre le parapet afin de me rendre chez ma prochaine cliente, la scène d'hier se déroule à nouveau dans mon esprit. Malgré ma volonté farouche de la chasser. De ne plus apercevoir mes doigts tremblants sur la table de la cuisine d'Albane. De ne plus sentir l'affreuse boule qui serrait douloureusement ma gorge. Car maintenant, ma cliente SAIT. Quand j'ai baissé la tête sans répondre à sa question concernant ma relation avec mon mari, j'ai compris qu'elle aussi allait me considérer pour ce que je suis en réalité : une personne médiocre. Sotte. Dénuée de culture. Et manquant singulièrement de jugeote, comme le souligne souvent Rodolphe.

Je voudrais me cacher dans un trou de souris.

5

LILI

Île d'Hanimaadhoo, Maldives

25 octobre 2018

Après notre visite à Sozib et Mariyam, nous sommes rentrés directement à l'hôtel. À peine les vélos rangés à leur emplacement habituel, Shahbaj m'entraîne sur le ponton. C'est ici que les touristes embarquent sur les bateaux lors des excursions. Mon ami sait que j'aime particulièrement m'asseoir sur les planches tièdes, mes jambes se balançant dans le vide, au-dessus de l'eau turquoise. Ce soir, la lueur puissante de la pleine lune nous offre le spectacle d'un clapotis de vagues argentées.

Entre Shahbaj et moi, le silence s'installe, troublé par les rires des visiteurs attardés sur le *boat bar*, ce bar flottant que l'on retrouve souvent dans les lagons de l'archipel. En effet, c'est là le seul endroit où l'on sert de l'alcool aux Maldives. Puisque la vente et la consommation ne sont pas autorisées dans ce pays musulman, les hôtels ont contourné l'interdit, en proposant des boissons alcoolisées sur de petits bateaux mouillant au large des terres habitées.

Shahbaj lance une première phrase, d'une voix étranglée que je ne reconnais pas : « J'ai reçu une lettre de ma mère ». Étonnée, je tourne la tête vers lui. Le dos très droit, son regard s'est perdu vers l'horizon. Il ne bouge pas ; seules ses lèvres un peu épaisses frémissent. Soudain, j'ai peur de ce qu'il va m'annoncer. Un accident survenu à Abdul, son père, dans l'usine de Dhaka où il travaille ? Ou à Kasi, son petit frère, honteusement exploité dans un atelier à l'âge de douze ans ?

Au bout d'un temps qui me semble infini, mon ami recommence à parler. Il regarde toujours au loin, mais je devine, à ses intonations que l'émotion rend plus sourdes, qu'il peine à réfréner ses larmes. « C'est Jaya », articule-t-il péniblement. « Elle va se marier le mois prochain. »

Ma bouche est grande ouverte de stupéfaction. Sachant pertinemment que Shahbaj et la jeune fille sont fiancés, j'ai du mal à comprendre cet incroyable revirement de situation. Je m'agite, tout en retenant de mon mieux les questions qui fusent dans ma tête. Ayant changé deux ou trois fois de position sans réussir à trouver la bonne, je finis par m'asseoir en tailleur sur le ponton. Attendant impatiemment la suite. Je ne pensais pas qu'elle allait autant me sidérer.

— Elle va se marier, répète Shahbaj en déglutissant avec difficulté. Avec Parvaj.
— Quoi ?

J'ai crié. Jaya et le meilleur ami de Shahbaj ? C'est quoi cette mauvaise blague ? Mais l'air désespéré du jeune homme assis près de moi me renseigne. L'humour n'a pas sa place ici à cet instant et il ne s'agit pas d'un canular. Je sens Shahbaj totalement anéanti. Envahi par un mélange confus de souffrance aiguë et de colère ravageuse. Ses espoirs et ses rêves d'avenir viennent de s'effondrer d'un seul coup. Comment faire face à une telle double trahison ? Perdre à la fois celle qu'il considérait comme la femme de sa vie et son ami qu'il décrivait comme son alter ego ? Le destin parfois nous réserve des abîmes d'une extrême cruauté.

– Voilà pourquoi il me poussait à partir du Bangladesh, le salaud ! réalise Shahbaj de sa drôle de voix, altérée par la rage.

J'avise le *boat bar* qui tangue doucement, bercé par les vagues à une dizaine de mètres de nous. Je touche légèrement le bras de mon ami.

– Allez viens, je t'offre un cocktail.

Je n'ignore pas que les tarifs sont élevés mais Shahbaj a vraiment besoin d'un remontant. Et moi aussi.

Tandis que je déplie mes longues jambes pour me lever, une sensation étrange et inattendue se fraie un chemin dans mon cœur. Certes, je suis désolée pour mon ami, mais je ne sais pourquoi, je ne parviens pas à me sentir vraiment triste. Je dirais même que quelque chose qui ressemble à un espoir timide vient de poindre en moi.

Une embarcation dédiée nous a conduits au bar

flottant. J'ai commandé un *Maldivian Lady*, qui associe une bonne dose de rhum blanc et de brandy d'abricot à de la grenadine, du jus d'orange et du jus d'ananas. Quant à Shahbaj, il a choisi un *Acapulco*, autrement dit de la crème de coco abondamment arrosée de tequila et de rhum ambré. Nous les avons sirotés en silence.

De retour au ponton, je dois soutenir mon ami qui titube un peu, tant il n'a pas l'habitude des boissons alcoolisées. Nous faisons quelques pas sur la plage en contrebas, quand tout à coup, mes yeux s'écarquillent. Je saisis prestement la main de Shahbaj et le guide jusqu'au bord de l'eau où viennent mourir les vagues. Excitée, je murmure :

– Regarde !

Interloqué, mon ami ouvre à son tour de grands yeux.

– C'est quoi, ce truc ? me demande-t-il, l'air halluciné. On dirait une aurore boréale dans l'océan.

Il a raison, l'image est ressemblante. Effectivement, une lumière d'un bleu éthéré vient vers nous, portée par les flots.

Je réponds en riant :

– Ce n'est pas un effet de l'alcool, rassure-toi. C'est ce qu'on appelle la « bioluminescence ». Un mot formé à partir de « bio », signifiant « vie », et également « lumin » : « lumière ». Cela provient d'un plancton scintillant qui crée sa propre lumière afin de dérouter un prédateur qui vient le déranger. Alors, elle se met à clignoter et allume des milliers d'étoiles bleues qui voguent jusqu'au rivage.

Nous nous sommes assis sur le sable pour contempler cette magie de la nature. Devant une telle féerie, une immense onde de gratitude vient m'envelopper. Quelque chose s'ouvre en moi. Sans aucune préméditation, je me mets à monologuer. Sans doute aussi parce que Shahbaj s'est livré un peu plus tôt avec une absolue sincérité. Toujours est-il que je déballe tout : la raie nommée Lili, découverte par un plongeur expérimenté aux Maldives. L'idée insensée qu'il s'agit peut-être de mon père. Le désir fou qu'il vive sur l'une de ces îles perdues dans l'océan Indien. Ma venue ici avec la farouche espérance de l'y retrouver. Et ma totale incertitude quant à la manière d'y parvenir.

Shahbaj m'a écoutée intensément. Il passe gentiment un bras autour de mes épaules. Sa voix résonne au-dessus du bleu fluo qui baigne nos pieds nus. « Je vais t'aider, Lili. Je ne sais pas encore comment, mais je vais t'aider. »

6

ALBANE

Ars-en-Ré,

21 novembre 2018

En pas tout à fait cinq mois, ma relation avec Océane a énormément évolué. Désormais pour moi, cette jeune femme est bien plus qu'une aide ménagère. Je la considère presque comme ma deuxième fille. Qui serait également une amie. Très jeune, certes. Mais l'amitié compte-t-elle le nombre des années ? Il faut dire que cette petite est tellement attachante. Peu à peu, elle se livre avec une telle sincérité. Elle s'ouvre comme une fleur close depuis trop longtemps. Et je crois bien qu'elle commence à entrevoir un brin de soleil derrière ses fragiles pétales qui se déplient lentement, révélant peu à peu un cœur lumineux.

Je tente de l'amener avec douceur à prendre conscience de la maltraitance psychologique dont elle est l'objet dans son foyer. Veillant à ne pas brusquer l'extrême sensibilité de ce petit bout de femme qui a fait irruption dans ma vie.

Quant à moi, je sens bien que j'en révèle davantage sur mon passé que je ne le voudrais. Le climat de complicité qui nous enveloppe durant nos déjeuners et nos petits goûters est tel que mes barrages se fissurent. Une longue et fine balafre court le long des murs de ma forteresse, que j'avais pourtant crue imprenable.

Auprès d'Océane, j'ai évoqué Yann plusieurs fois. Et jeudi dernier, ne lui ai-je pas avoué que je pensais beaucoup trop à lui, ces derniers temps, sans en connaître exactement la raison ? J'ai même été sur le point de dévoiler à ma nouvelle amie mon choix crucial et définitif de l'époque. Seule devant l'immensité de l'océan. Les pieds nus dans une écume rageuse et bouillonnante. Le regard perdu vers un horizon implacable. Et la morsure d'une effarante douleur au cœur.

Heureusement, je me suis retenue à temps. Montrant avec nostalgie à Océane quelques photos du vieil album familial, j'ai seulement laissé échapper une remarque au sujet des trois clichés manquants. Car les rectangles clairs laissés sur le fond sombre de l'album montrent bien qu'ils ont été retirés. « C'est Yann qui y était photographié. Mais je refuse de revoir le visage de quelqu'un qui a trahi ma confiance », ai-je confié amèrement. Ce qui n'est qu'une moitié de la vérité. Mon secret, seule Rosalie le connaît. Lili, Baptiste et Gaëtan n'en savent rien.

Le week-end prochain, Rodolphe sera absent. Féru de rugby, il va assister à un match en région parisienne avec son meilleur ami Florian. Un challenge très important pour le club dont Florian fait partie. « C'est exceptionnel », m'a expliqué Océane. « Mis à part pour son travail, mon mari s'absente très rarement plus d'une heure ou deux. »

Alors, avant de repartir chez elle, elle m'a gentiment invitée à venir déjeuner samedi à midi et passer l'après-midi avec elle et ses enfants. J'ai un peu hésité car Gaëtan avait sollicité mon aide pour préparer des crêpes, destinées à une fête avec ses copains le lendemain.

– Justine et Isao seront ravis de vous voir, a insisté Océane afin de me convaincre. Ils vous aiment beaucoup. Et si vous amenez Snoopy, ils vont sauter de joie !

Ses yeux pailletés d'or étaient implorants. Cela m'a décidée. Après tout, Gaëtan pouvait très bien demander à Baptiste de le seconder. Mon homme adore cuisiner et il se mettrait toujours en quatre pour son fils. *Je leur expliquerai que l'occasion de découvrir l'univers d'Océane ne se représentera peut-être pas de sitôt,* ai-je songé. *Apparemment, son Rodolphe ne la lâche pas facilement.*

– D'accord, ai-je formulé d'une voix rendue fluette par ma maladie. Mais bien que la météo ait annoncé du beau temps, nous viendrons en voiture, Snoopy et moi. D'une part, tu n'habites pas la porte à côté et d'autre part, mes douleurs me font particulièrement souffrir en ce moment.

Je me suis rendu compte que j'avais spontanément tutoyé Océane. Cela n'a pas semblé la déranger, bien au contraire, puisqu'elle m'en a remerciée. Je l'ai invitée à faire de même. − Je ne crois pas que j'y parviendrai, m'a-t-elle confié. Vous avez l'âge de ma mère et même si je vous apprécie beaucoup, vous êtes ma cliente.

7

JOURNAL D'OCÉANE

Ars-en-Ré, samedi 24 novembre 2018

Aujourd'hui, j'ai passé une merveilleuse journée. D'abord, Albane est arrivée chez nous sur le coup de midi. Ma famille et moi louons une petite maison route de la Prée, en bordure des marais salants. Elle se situe tout près de la coopérative qui regroupe soixante-dix sauniers, ces fameux producteurs de sel marin, nommé ici « l'or blanc ». Les sauniers perpétuent un savoir-faire ancestral qui n'a pratiquement pas changé depuis le Moyen-Âge. Les habitants de l'île sont très fiers de cette tradition. Juju adore particulièrement contempler les salines au coucher du soleil. Telle une mosaïque de miroirs, les bassins reflètent alors le fantastique embrasement du ciel. C'est magique.

Albane est une femme étonnante. Elle n'a pas apporté de plante, bouquet de fleurs ou gâteau comme on le fait souvent quand on est invité à déjeuner chez quelqu'un, mais un cadeau très personnel. Juju, Isao et moi avons chacun eu droit à une surprise délicatement emballée dans du papier de soie. Rose pour Juju, vert pour Isao et d'un beau jaune doré pour moi.
Nous avons découvert nos portraits au fusain.

Extrêmement ressemblants. Délicieusement soignés. Un fabuleux travail, préparé secrètement par mon employeuse. Je considère d'ailleurs de plus en plus Albane comme une véritable amie, même si je continue à la vouvoyer.

– J'attendais le moment propice pour vous les offrir à tous les trois, nous a-t-elle modestement révélé.

– Whaaahhh ! a hurlé Justine lorsqu'elle a eu déballé le sien. C'est moi, je me reconnais ! Mais… comment tu as fait ça ? a-t-elle demandé aussitôt à Albane avec le plus grand intérêt.

–Eh bien, a répondu celle-ci avec amusement, ta maman ne t'a pas dit que j'étais dessinatrice ? Malgré ma maladie, il m'arrive encore de pratiquer mon art. Je mets davantage de temps qu'avant car mes doigts tremblent un peu et je dois m'y reprendre à plusieurs fois. Mais je vois que le résultat te plaît, c'est le principal.

Justine, les lèvres en O, a suivi intensément les explications d'Albane, mais elles n'ont pas paru lui suffire.

– Tu voudras bien me montrer ta technique, s'il te plaît ? J'adore dessiner et la maîtresse dit que je suis très douée.

Ma fille a tourné vers moi son joli visage ovale et a froncé son nez recouvert de taches de rousseur, dans une mimique familière. Je sais qu'elle fait cela lorsqu'elle quête mon approbation.

– C'est vrai, hein maman ?

Et comme j'acquiesçais, elle a poursuivi d'un air déterminé :

– D'ailleurs, si je ne suis pas vétérinaire, je ferai ça maman, plus tard.

Puis elle a couru jusqu'à sa chambre pour aller chercher

la grande chemise mauve cartonnée dans laquelle elle conserve ses meilleures œuvres.

– Quelle vivacité ! a ri Albane en voyant virevolter autour des collants à paillettes la jupe rose à froufrous qu'a choisi de porter ma fille aujourd'hui.

Une fois la silhouette fluette de Juju disparue dans la chambre – elle a huit ans mais ne pèse que vingt kilos –, nous avons continué à entendre sa voix aiguë. « Mais elle est passée où, cette chemise ? Je l'avais bien rangée ici, pourtant ! Bon sang, si c'est Isao qui l'a prise, il va avoir affaire à moi ! » Apparemment, ma fillette peu ordonnée avait entrepris de mettre son secrétaire sens dessus dessous. Ne pas oublier de lui demander de le ranger ce soir, ai-je pensé machinalement. Puis revenant à mon amie, j'ai confirmé en levant les yeux au ciel :

– Elle est fatigante parfois. Je me demande où elle puise toute cette énergie. Heureusement, Isao est plus calme.

Finalement, Juju a retrouvé la précieuse pochette mauve sous son lit. Albane a contemplé les dessins avec attention. Ils sont tous signés très sérieusement Justine Desmarais.

« Ta maîtresse a raison », a-t-elle déclaré. « Tu as un vrai sens de l'observation et la sûreté de ton trait de crayon est remarquable pour une petite fille de ton âge. »

Justine en a rosi de plaisir. Ses yeux bleus couleur d'océan un jour de grand soleil ont étincelé. Ensuite, Isao nous a fait rire car il s'est mis à faire le clown pour attirer à son tour l'attention. Ah la rivalité fraternelle... tout un programme chez les Desmarais. Je n'ai pas de souvenir de cet ordre avec Séléna, mais il paraît que Rodolphe et son frère étaient sans arrêt en compétition pour prouver à leurs parents que l'un était davantage digne d'amour que l'autre. Quelle tristesse, ces conflits permanents que mon mari raconte encore avec aigreur ! Il a d'ailleurs cessé depuis longtemps de voir son aîné. J'ose souhaiter que la jalousie virulente dont Juju fait preuve envers Isao saura s'apaiser avec le temps.

Avant de nous mettre à table, les enfants ont voulu faire visiter notre petite maison à Albane. Bien entendu, ils ont tenu à lui montrer les trésors qu'ils entassent dans leurs chambres. Galets, coquillages, plumes d'oiseaux de mer et photos de phares pour Justine. Innombrables doudous et petites voitures en métal de toutes les couleurs pour Isao. Mon fils n'est pas peu fier de posséder ces dernières car il partage cette passion automobile avec son père. En effet, Rodolphe possède de son côté des tas de miniatures, exposées au salon dans une grande vitrine. Elles reproduisent fidèlement à différentes échelles les modèles qu'il juge prestigieux.

Le repas a été animé et joyeux. Simple et savoureux, à base de crudités, poisson et frites « maison », ces dernières réclamées par les enfants. Albane et moi avons bu une tasse de café, accompagnée de croquants de la Biscuiterie de Ré – amandes-noisettes ou caramel au beurre salé. Juju et Isao nous ont aidées à les terminer en un temps record. Puis mon amie a proposé une balade sur l'île.

– Il ne fait pas très chaud mais le temps est radieux, a-t-elle remarqué. Il serait dommage de rester dedans tout l'après-midi. Et je crois que Snoppy ne sera pas contre une petite balade.

Les petits ont applaudi, avant de commencer à se disputer pour savoir qui tiendrait le chiot en laisse. Je suis intervenue rapidement.

– Ça suffit les enfants ! Je suis certaine qu'Albane vous permettra de le promener à tour de rôle. Toi qui aimes les phares, ai-je ajouté en m'adressant à ma fille, il me semble que tu voulais visiter celui des Baleines ?

Juju a sauté de joie.

– Oh oui, dis oui Albane, s'il te plaît ! a-t-elle supplié, enjôleuse, en enlaçant la taille légèrement enrobée de notre invitée. Je l'ai vu de loin mais je n'y suis jamais montée.

En éclatant de rire, Albane a secoué ses boucles châtain qu'elle avait laissées libres. Elles ont ondulé jusqu'à l'arrondi de ses épaules.

– Excellent choix, a-t-elle approuvé. Sais-tu que le phare des Baleines est l'un des plus hauts de France ? Au pied de la vieille tour, il y a également un musée qui devrait te plaire, Justine. Il raconte l'histoire des grands phares et explique leur fonctionnement. Sans compter que mon chien adore se dégourdir les pattes dans le parc du site.

J'ai aussitôt invité Juju à aller se changer.

– Allez, va vite enfiler un jean et tes baskets. Ta jupe de princesse et tes collants sont très jolis, mais pas du tout adaptés à cette excursion sportive, avec une température extérieure de douze degrés.

Pendant que ma fille s'exécutait, Albane m'a expliqué :

–En ce qui me concerne, l'ascension de l'escalier en colimaçon est carrément impossible. Je vous attendrai donc en bas avec Snoopy pendant que vous gravirez les deux cent cinquante-sept marches.

D'avance, je me suis sentie épuisée en entendant ce nombre et me suis demandé si mon idée était si bonne que ça.

8

ALBANE

Ars-en-Ré,

24 novembre 2018

Partis d'Ars dans ma Volvo, nous voici tous les quatre un peu plus au nord de la Côte Sauvage. À Saint-Clément-des-Baleines très exactement, où se trouve le phare, ce veilleur si majestueux protégeant nuit après nuit les marins. Il est toujours en activité. En 1854, il a remplacé la Vieille Tour édifiée sous Vauban, au pied de laquelle se trouve le musée. En été, les touristes se pressent sur ce site historique. Heureusement, nous n'y sommes pas nombreux en ce samedi ensoleillé de fin novembre.

Tandis qu'Océane, Juju et Isao, munis de leurs billets d'accès, entament la vertigineuse montée des marches du phare, je projette d'aller flâner avec Snoopy dans le parc du domaine. J'aime beaucoup déambuler le long des allées plantées de nombreuses essences d'arbres, au son des vagues se brisant sur les écueils rocheux et des cris d'oiseaux de mer. Mais je n'ai pas le temps d'esquisser un seul pas. Justine vient vers moi en sautillant, suivie par Océane qui tient la main d'un Isao penaud, se cachant derrière sa maman.

– Vous pourriez le garder, Albane ? J'ai présumé de ses forces, je crois. Normalement, il fait encore la sieste en début d'après-midi. Aussi, au bout d'une trentaine de marches, il a voulu redescendre.

Je tends la main vers le petit garçon.

– Allez viens, toi. On va aller promener Snoopy dans le parc pendant ce temps.

– Quoi ! s'écrie Justine. Ah mais non, c'est pas juste ! Et moi alors ?

Je peine à retenir mon rire devant la réaction spontanée et courroucée de la petite fille qui commence déjà à bouder. Je lui réponds avec gentillesse.

– Ne t'inquiète pas, va, ton tour viendra après la visite. Tu sais, Snoopy est toujours partant pour une balade.

Isao n'est pas peu fier de tenir la laisse du chiot. Nous marchons lentement, suivant le rythme de Snoopy qui furette à droite et à gauche le long des allées, le nez au ras du sol. Cela me laisse le temps de songer à ma nouvelle amie. Elle va adorer le magnifique panorama à trois cent soixante degrés depuis le haut du phare. Avec ce ciel somptueux qui ne présente aucun nuage, elle pourra non seulement admirer l'île et le ballet incessant des vagues, mais également apercevoir l'île d'Oléron, la côte charentaise et vendéenne. Je sais que cette journée apportera une note de bonheur dans la vie actuelle d'Océane. Sa relation avec son mari est si difficile et compliquée. Quant à moi, je suis heureuse que pour une fois, nous partagions toutes deux un moment ailleurs qu'autour d'une courte pause repas ou d'un goûter hebdomadaire. J'espère qu'aujourd'hui constitue un premier pas vers de précieux échanges amicaux à venir. J'ai des tas d'endroits peu connus sur notre belle île à faire découvrir à mon amie et à ses enfants.

Durant la promenade avec le petit garçon et mon chien, j'ai le temps de me remémorer la dernière conversation que j'ai eue jeudi avec Océane. C'était lors du déjeuner autour de mon gratin dauphinois au cumin et du délicieux fondant au chocolat qu'elle réussit si bien. Elle sait que je l'adore et en avait apporté deux énormes parts.

Ses confidences à propos de ce qu'elle vit au quotidien m'ont chaviré le cœur. Elle est loin d'être une jeune femme fade et inintéressante, comme elle le croit fermement et l'affirme avec tristesse. Le problème, c'est qu'elle se trouve sous l'emprise de son mari qui la déprécie sans cesse. La critique. La rabaisse. L'humilie. C'est ce mépris ouvertement affiché qui sape jour après jour la fragile estime qu'Océane a d'elle-même. L'une de ses réflexions m'a renseignée sur l'isolement relationnel que Rodolphe entretient autour d'elle, afin de mieux l'asservir et la manipuler. Cet homme est un véritable pervers narcissique.

– J'aimerais tant revoir ma sœur, m'a confié la jeune

femme, après une gorgée du Pessac-Léognan aux arômes de groseille et de violette que j'avais soigneusement choisi dans la cave ce matin-là.

Je me suis justement étonnée.

– Comment ça, vous ne vous rendez pas visite de temps en temps ?

La voix de mon amie s'est brisée sur la dernière phrase.

– Rodolphe ne l'aime pas. C'est réciproque. Alors je téléphone à Séléna en cachette.

Océane a ployé la tête et sa nuque dévoilée par son chignon haut m'a paru si fine et fragile à cet instant. Je savais pertinemment combien cet aveu coûtait à la jeune femme. Elle s'ouvre peu à peu mais c'est quelqu'un de très pudique. Émue, j'y ai vu la preuve de cette bouleversante confiance si authentique qui a commencé à s'épanouir entre nous. Dans un souci de vérité, j'ai souhaité amener doucement Océane à considérer cette situation anormale. J'ai paré ma voix ténue d'une sincère affection, tout en demandant :

– Et tes parents ? Tu t'es éloignée d'eux ?

Le visage fermé d'Océane a constitué sa réponse. Atterrée, j'ai réalisé que le vide créé par son mari était pire que ce que j'imaginais. J'aurais peut-être dû en rester là mais j'étais lancée. Offusquée par ce que j'apprenais. Choquée par ce pouvoir toxique qu'exerçait Rodolphe sur sa femme.

– Mais... dis-moi que tu as des amis ?

Les larmes ont afflué dans les yeux mordorés d'Océane, dont les paillettes naturelles confèrent à son regard une singularité n'appartenant qu'à elle.

Cependant, cette fois, mon amie ne s'est pas dérobée. Elle m'a répondu, m'avouant dans un souffle :

– Il dit que je ne passe pas assez de temps avec lui, alors je ne sors plus avec mes copines.

J'ai compris qu'engluée dans cette relation malsaine et quotidienne, Océane se sent fautive en permanence. Sans même s'en rendre compte, elle excuse d'avance la violence psychologique dévastatrice dont fait preuve Rodolphe envers elle et leur fille. Car Justine subit malheureusement le même traitement. À la suite de ces révélations, le chocolat noir de la pâtisserie d'Océane a pris dans ma bouche un goût amer. J'ai reposé ma petite cuillère près de l'assiette à dessert. La jeune femme a remarqué le lourd silence qui a suivi. Elle s'est alors justifiée :

– D'accord, la vie à la maison est un peu difficile parfois, mais c'est pareil pour tout le monde, non ?

Notant son air égaré, j'ai instantanément minimisé mon sentiment de colère afin de ne pas la brusquer en employant des termes trop vifs.

– Les difficultés existent dans tous les couples en effet, ai-je répondu. Mais Rodolphe n'a pas à vous dévaloriser comme ça, Justine et toi.

– Il faut le comprendre, a argumenté aussitôt la jeune femme. Il a eu une enfance difficile. C'est son père qui l'a élevé car sa mère les a abandonnés tous les deux quand il était bébé. Et mon beau-père est un vrai macho. Pour lui, les femmes sont toutes pareilles : des salopes. Rodolphe ne dirait jamais ça, lui, je vous assure !

Un bref aboiement de Snoopy me sort de mes pensées. Le coquin a aperçu un gros chat gris qui traverse l'allée et il tire sur sa laisse. Je la récupère prestement, le temps que le félin se faufile avec souplesse dans les fourrés et disparaisse à nos vues. Au bout d'un moment, je la tends à nouveau à Isao. Heureux, il retrouve son rôle de petit maître. Tout en flânant, je reprends le cours de mes récents souvenirs. Cette conversation avec Océane dont l'issue ne semblait pas positive et qui pourtant, m'a bluffée.

Après que mon amie ait pris la défense de son mari, je n'ai pas insisté. J'ai préféré embrayer sur un sujet différent.

– Océane, est-ce que tu as un rêve ? Je veux dire, quelque chose que tu aimerais réaliser à plus ou moins court terme ?

La question l'a prise à dépourvu, mais elle n'a pas hésité. Replaçant une mèche échappée de son chignon derrière l'oreille, elle s'est raclé la gorge et a exprimé avec une clarté qui m'a surprise :

– J'aurais aimé reprendre mes études de psychologie. J'avais fait une année de fac avant de me marier.

Puis elle a rapidement ajouté :

– De toute façon, je pense que je n'y serais pas arrivée. Rodolphe dit que je n'ai pas trop le sens du contact.

– Il a le droit de se tromper, ai-je affirmé, sûre de moi. Je crois que tous tes employeurs t'apprécient, non ? Notamment tes « petites mamies », comme tu dis si joliment, qui chantonnent de vieux airs avec toi ?

Pour ma part, j'ai immédiatement noté tes indéniables qualités d'écoute. Elles sont rares, tu sais. Je suis sérieuse, Océane : tu pourrais vraiment en faire quelque chose. Et... si tu reprenais des études de psychologie par correspondance ?

Interdite, mon amie m'a fixée en silence. Nous avons siroté nos cafés et débarrassé la table sans prononcer un seul mot. Mais avant de plonger ses mains dans l'évier pour faire la vaisselle – que je me proposais ensuite d'essuyer, selon un rituel que nous avons adopté chaque jeudi depuis le début de l'automne –, Océane s'est tournée vers moi et m'a demandé timidement :

– Vous accepteriez que j'utilise votre adresse pour faire envoyer les cours ? Je préférerais que Rodolphe ne soit pas au courant pour l'instant.

Un éclat inédit brillait dans son regard, comme si un morceau de soleil était entré en elle.

9

JOURNAL D'OCÉANE

Ars-en-Ré, samedi 1er décembre 2018

Ce matin, à six heures, je me suis éveillée avec une boule qui me serrait douloureusement la gorge. J'en ai identifié rapidement la cause. Mon dernier samedi, je l'ai passé avec Albane et cela a représenté pour moi une merveilleuse parenthèse. Alors qu'aujourd'hui, c'est une journée ordinaire qui s'annonce. Plus d'amie pour qui concocter avec plaisir de bons petits plats. Ni de sortie en plein air. Plus de vue sublime depuis le haut du phare. Plus de Juju et d'Isao courant dans le parc et caressant Snoopy avec des sourires jusqu'aux oreilles. À la place, puisqu'il n'est pas d'astreinte, un Rodolphe taciturne assis devant la télé ou feuilletant ses magazines d'automobile. Pour ma part, je vais préparer les repas, m'occuper des enfants, intervenir s'ils se disputent. Rodolphe va sans aucun doute râler car la purée de pommes de terre n'a pas exactement la texture qu'il souhaite. D'après lui, le poulet sera forcément trop cuit. Quant à mon gâteau au chocolat, c'est toujours le même et mon homme n'hésitera pas à remarquer que je manque cruellement d'imagination.

Blottie sous ma couette, j'ai devant moi une bonne heure pour réfléchir tranquillement sans être dérangée. Il est vrai que quand Rodolphe m'adresse des mots désobligeants, je ne réagis pas. En fait, jusque-là, j'ai toujours estimé qu'ils étaient justifiés. En revanche, j'ai bien conscience que ceux qu'il assène à Justine ne sont pas toujours fondés. Dans ces cas-là, une tristesse plombante se répand dans mon cœur de maman. Elle me fait frissonner en glaçant mes os, ne me quittant plus de la journée.

Quelques phrases assassines de mon mari envers notre fillette me reviennent en tête : A-t-on idée de se vêtir à huit ans avec une robe en velours aussi chic pour rester à la maison ? Ou bien : qu'est-ce que tu es lente, ma pauvre fille, pour aider ta mère à débarrasser la table ! Et Juju part dans sa chambre les larmes aux yeux, pour passer un jean et un pull plus adaptés au goût de son père. Ses mains tremblent en portant les assiettes vers le lave-vaisselle ; ses épaules frêles se courbent sous le lourd reproche qu'elle n'a pas mérité.

Je ne sais pourquoi, aujourd'hui, je réalise que quelque chose a changé au fond de moi. Est-ce le fait de me confier peu à peu à Albane ? Auprès d'elle, je ne redoute pas de révéler les secrets que je pensais ne jamais pouvoir dire à personne. Or, si mon amie reste délicate, elle me livre néanmoins ce qu'elle pense. Elle me met face à ces petites touches d'humiliation répétées au quotidien. Cela me trouble. Grâce à elle, je commence à entrevoir que les mots sont de véritables projectiles. À force, ils peuvent briser quelqu'un. L'anéantir. Albane me l'a laissé pressentir. « Je ne veux que ton bien, Océane. Et celui de Justine. Il faut vous protéger, toutes les deux. Prends le temps de considérer tout cela, je t'en prie », m'a-t-elle conseillé avec toute la bienveillance qui est la sienne.

Ce matin, bien au chaud dans mon lit, je me demande pour la première fois si elle n'a pas raison.

Depuis que mon amie m'a donné l'idée de reprendre mes études de psychologie par correspondance et m'a proposé de faire envoyer les cours chez elle, j'y songe chaque jour. Un espoir gonfle en moi. C'est comme un ballon de baudruche irisé qui prend de plus en plus de place dans le ciel de mon paysage intérieur. Parfois, il se tient dans l'ombre. À d'autres moments, une lueur hésitante en dévoile les reflets chatoyants. En tout cas, je ressens sa présence. Réelle. Un ballon léger, mais de plus en plus volumineux, contenant l'espérance d'une vie différente. Qui peut-être, me ressemblerait davantage.

À ma droite, Rodolphe se retourne dans notre lit. Je suspens ma respiration, ne souhaitant pas le réveiller. Son souffle régulier me rassure. Ouf, ce n'est pas le cas. Je replonge dans ce bonheur que personne ne peut m'enlever : celui de penser librement. Sans avoir de compte à rendre à qui que ce soit. Or cette fois, mon esprit me conduit dans la maison d'Albane. Je me remémore la stupéfiante découverte que j'y ai faite jeudi, lors de la journée de ménage hebdomadaire. Car si j'ai des problèmes personnels, mon amie n'est pas en reste. Je perçois qu'il y a quelque chose de très douloureux derrière ce qu'elle cache depuis si longtemps.

Au fil de nos rencontres, elle a abandonné un peu de sa réserve concernant son mari disparu. Un jour, elle a même extirpé de sa table de nuit un portrait de Yann qu'elle avait réalisé. Pourtant, elle affirme que voir cet homme en photo est au-dessus de ses forces.

C'est d'ailleurs grâce au portrait que j'ai reconnu Yann, quand je suis tombée jeudi par hasard sur les trois photos manquantes dans l'album d'Albane.

Je venais de passer l'aspirateur dans la buanderie, quand j'ai entrepris de ranger une étagère qui manquait de crouler sous un tas de chemises cartonnées. Bien sûr, ce n'est pas de mon ressort et j'aurais dû en aviser Albane. Mais j'ai cru bien faire. Je me suis dit que cela lui ferait certainement plaisir de voir ces documents bien alignés, elle qui aime tellement l'ordre.

Avec ma maladresse coutumière, j'ai fait tomber plusieurs chemises de couleur verte. En voulant les ramasser, une photo s'est échappée de l'une d'entre elles. Elle était froissée ; je l'ai soigneusement dépliée.

J'aurais pu la remettre en place sans la regarder. Mais je suis bien trop curieuse et la vie d'Albane m'importe trop pour cela. Alors, j'ai cherché dans la chemise et j'ai trouvé deux autres clichés. J'ai aussitôt établi une relation entre ces trois images isolées et celles que mon amie a retirées de son album.

Les trois photos diffèrent très peu ; elles ont donc été prises à quelques secondes d'intervalle. J'y ai reconnu une plage mythique de l'île : celle de Trousse-Chemise, que l'on atteint après avoir traversé le bois du même nom, chanté par Charles Aznavour. Elle semble déserte, à part deux personnes très bien cadrées, éclairées par des teintes orangées. Le soleil est prêt à se noyer dans l'océan. Quelques nuages s'accrochent à l'horizon. J'imagine un œil d'artiste derrière l'objectif. Sans doute celui d'Albane. Je visualise mon amie plus jeune, mitraillant l'homme et la femme se tenant debout sur le sable. Je détaille le grand gars brun, musclé, à la peau halée, portant une moustache taillée en pointe et une barbe fournie, exactement comme sur le portrait dessiné par Albane. Il s'agit bien de Yann. Près de lui, une femme magnifique, qui m'est inconnue. Silhouette élancée, bustier blanc ajusté soulignant des courbes parfaites. Longues jambes fuselées, mises en valeur par un short très court, en toile bleue. Chevelure au carré, d'un blond aussi clair que celui d'une Scandinave. Peut-être, d'ailleurs, cette créature admirable est-elle originaire d'un pays du nord. Le scoop, c'est que Yann l'enlace étroitement. Ils se contemplent tous deux de très près. D'une façon non équivoque. Dans leurs regards soudés, c'est l'amour qui transparaît.

J'ignore si cette plage authentique et sauvage a été choisie par le couple à cause de son nom, mais l'érotisme qu'elle suggère s'inscrit parfaitement dans la scène qui, de toute évidence, ne saurait manquer de suivre.

10

SHAHBAJ

Île d'Hanimaadhoo, Maldives

14 décembre 2018

Ça s'est passé lundi dans le local du centre de plongée. J'étais en repos ce jour-là.

Il était treize heures lorsque j'ai aperçu le bateau rentrer de l'excursion matinale. Je savais qu'une fois sur le quai, les touristes se dépêcheraient de se débarrasser de leurs palmes, masques et tubas, afin d'aller déjeuner. Plusieurs heures au grand air et dans l'eau tiède, ça creuse. D'autant plus que l'émotion est toujours au rendez-vous quand on a la chance de pouvoir nager au plus près des raies manta − époustouflantes, d'après Lili −, des tortues marines − majestueuses et pas du tout effarouchées −, ou d'un groupe de dauphins - intelligents et joueurs.

Je me suis dit que mon amie apprécierait certainement mon aide. Il fallait d'abord rincer le matériel − rapidement abandonné sur le comptoir − à l'eau douce avant de le ranger. Notre adorable biologiste devait être affamée, elle aussi.

Je m'apprêtais à déposer une paire de palmes jaunes dans le casier correspondant à la bonne pointure, lorsque Lili s'est retournée en levant les yeux vers moi. Elle était à moins d'un mètre. Son troublant regard vert a plongé dans le mien. Nous sommes restés ainsi sans bouger durant une bonne minute. Comme si le temps s'était arrêté. Puis, dans un silence complice chargé d'une tension excitante, Lili s'est avancée vers moi. Mon cœur battait à grands coups dans ma poitrine. Mon amie a entouré mon cou de ses bras à la peau si douce. J'ai penché ma tête vers elle et mes lèvres ont timidement frôlé les siennes, avant de s'y poser comme un papillon sur une fleur sucrée. J'ai adoré leur fraîcheur et leur goût de mangue. C'était un baiser délicat. Naturel.

Lili l'a accentué. Moi, je n'aurais jamais osé. Malgré le désir puissant qui s'était emparé de moi et qu'elle a dû sentir, je redoutais trop de gâcher notre belle amitié. Ensuite, elle m'a pris par la main et quelques instants plus tard, nous nous sommes retrouvés dans sa chambre, si joliment décorée de coquillages et de morceaux de corail coloré. J'avais la sensation de me trouver sur un nuage. Vaporeux. Léger. Irréel.

Depuis lundi, je compare Lili à une sirène qui serait venue m'ensorceler avec sa voix veloutée. Son beau regard magnétique. Son sourire désarmant. Car je suis quand même extrêmement surpris. Je croyais être intensément épris de Jaya, au point de vouloir en faire ma femme. Or, je me rends compte maintenant que mes sentiments pour Lili dépassent tout ce que j'ai pu connaître. Ils font palpiter si fort mon cœur que j'en suis ébloui. Lundi, c'est comme si un voile devant mes yeux s'était soudainement levé.

Nous préférons nous retrouver dans sa chambre, plus agréable que la mienne. J'ai eu le temps de détailler le grand cadre accroché près de la fenêtre. Lili y a agencé de nombreuses photos de sa famille, qu'elle m'a présentée : sa mère Albane, son beau-père Baptiste, son jeune frère Gaëtan, sa tante Rosalie. Albane semble une superbe femme à la longue chevelure comme sa fille, mais beaucoup plus claire et bouclée. Elles ne se ressemblent pas trop, toutes les deux. Sa photo est entourée de cœurs et d'un « je t'aime » ajoutés au feutre rouge.

À chacune de nos étreintes, je ne me lasse pas de contempler le corps somptueux de ma nouvelle princesse. J'aime tout d'elle. Ses jambes bien galbées qui m'affolent. Son rideau de longs cheveux soyeux que je peux désormais caresser autant que je le souhaite. Ses seins un peu allongés, qui me font penser aux fruits charnus d'un arbre à pain *(13)*. Ses doigts fins qu'elle entrelace souvent aux miens. Quant à sa personnalité, elle me fascine. À la fois bien trempée et si sensible. Lili possède une volonté hors du commun. Une authentique générosité. Un charisme exceptionnel. Une passion intacte pour son métier. D'ailleurs, les visiteurs ne s'y trompent pas. Ils l'adorent.

Depuis que j'ai promis à Lili de l'aider dans sa quête concernant son père, j'ai mis le personnel de l'hôtel à contribution. Les serveurs du restaurant. Les jardiniers du parc. Les employés qui font le ménage dans les chambres et y apportent chaque matin une bouteille en verre remplie d'eau fraîche. Même ceux qui travaillent au spa. Dans l'ensemble, le personnel est jeune et aime circuler parmi les îles de l'archipel. Le travail dans les hôtels le permet, car les contrats sont souvent de courte durée. D'autre part, certains de mes collègues profitent de leurs jours de congé pour visiter de nouveaux lieux. Évidemment, ils sont très loin de connaître toutes les îles. J'ai appris qu'il y en avait presque mille deux cents aux Maldives, dont la plupart sont inhabitées. Du coup, mes partenaires de travail qui vivent depuis plusieurs années aux Maldives connaissent du monde. Je les ai bien sûr assidûment questionnés, mais leur ai également demandé de se renseigner discrètement au cours de leurs prochains déplacements.

Ce soir, je me rends seul au village chez Sozib. Lili est fatiguée, alors elle est restée à l'hôtel. Malgré notre amour qui s'épanouit de jour en jour, tel une fleur exotique gorgée d'un enivrant parfum, je vois bien que ma princesse est soucieuse. J'en connais parfaitement la cause : en quelques semaines, deux pistes sérieuses se sont dessinées, qui auraient pu nous conduire à Yann. Lili y a cru de toutes ses forces. Mais c'étaient de faux espoirs. Bien que ma princesse s'évertue à me le cacher, je sais que ça l'a touchée. Elle ne baisse pas les bras, mais je devine que parfois, ses fragiles certitudes vacillent.

Tout d'abord, Mo, la collègue vietnamienne qui vient d'arriver au spa et donne des cours de yoga, nous a appris qu'un certain monsieur Ubel vivait dans l'atoll Ari depuis de nombreuses années. Lili m'a expliqué que la faune et la flore marines y sont tellement exceptionnelles qu'on nomme cet atoll « le paradis des plongeurs ». Ubel, c'est le nom que porte Lili. Je sais que de son côté, Albane a repris son nom de jeune fille. Il se trouve que monsieur Ubel est un plongeur émérite. Tout semblait coller. Fébrile, Lili a effectué des recherches sur Internet. Malheureusement, cet homme est trop jeune : il est né en 1973. Il ne s'agit donc pas de Yann, qui a dû fêter ses soixante-deux ans au mois de mai dernier. Ensuite, une deuxième possibilité a relancé notre espérance, car un jardinier m'a parlé d'un îlien ayant découvert plusieurs spécimens de raies manta. Dont un l'an dernier, dans les récifs de l'atoll de Baa. Renseignements pris par Lili, aucun de ces animaux marins répertoriés n'a été nommé comme elle. Quand elle me l'a appris, une moue amère déformait son joli visage et ma gorge s'est douloureusement serrée.

Je suis arrivé chez Sozib. Il est au courant de nos recherches, lui aussi, ainsi que son frère qui tient l'épicerie. Autant mettre toutes les chances de notre côté en impliquant le maximum de personnes. Après la traditionnelle tasse de thé noir offerte par Mariyam, mon ami a un sacré scoop pour moi. Un client du petit magasin a affirmé à son frère qu'un Français passionné par la plongée sous-marine gère un prestigieux hôtel sur l'île ronde d'Hadahaa. Il s'occupe personnellement du centre de plongée, appartenant à l'immense structure touristique. Jusque-là, rien d'extraordinaire. Mais sa description détaillée correspond parfaitement à Yann. Grand. Barbu. Et surtout, avec une longue cicatrice qui barre l'un de ses avant-bras, due à un accident de moto, comme me l'a expliqué Lili. « C'est une des rares informations que je possède sur lui, car maman n'en parle jamais », m'a-t-elle confié.

Une nouvelle piste se dessine. Pour la première fois depuis le début de notre enquête, je ressens un formidable optimisme gonfler ma poitrine. Peut-être que nous serons déçus une fois de plus, pourtant une sorte d'étrange conviction m'a envahi. Il faut absolument que j'annonce cette nouvelle à Lili. J'écourte ma visite chez mon ami.

En revenant du village, je pédale comme un fou.

(13) arbre à pain : arbre originaire d'Océanie, largement répandu dans les pays tropicaux. Ses fruits font partie de la nourriture de base aux Maldives.

11

LILI

Île d'Hanimaadhoo, Maldives

20 décembre 2018

Confortablement installée sur le siège près de Shahbaj, je penche ma tête vers le hublot. Sous mes yeux émerveillés, les lagons apparaissent comme par magie. Se dessinent avec netteté. Je ne me lasse pas de ce bleu irréel qui entoure les îles maldiviennes. Encore plus impressionnant vu du ciel. Une teinte si claire. Si pure. Un turquoise se mariant parfaitement avec les nuances de vert de la végétation tropicale. Contrastant tellement avec le bleu vif des profondeurs, qu'on dirait un collier dont les perles se sont éparpillées dans l'océan Indien.

Shahbaj a pris ma main dans la sienne. Me voyant captivée par le paysage, il la serre doucement. Si ce n'était l'appréhension et la peur de nous être trompés, une fois de plus, je serais totalement heureuse.

Malgré mon estomac que je sens se nouer au fur et à mesure que nous approchons de l'île d'Hadahaa, je veux rester optimiste. L'enthousiasme de Shahbaj est si communicatif. Et puis, l'indice fourni par le client de l'épicerie est quand même particulièrement troublant. Nous allons rencontrer un homme français qui non seulement gère un hôtel avec un centre de plongée, mais arbore une longue cicatrice sur l'un de ses bras, du coude jusqu'au poignet. Exactement comme celle de mon père.

C'est ma tante Rosalie qui m'a parlé de l'accident de moto. Oh, par inadvertance, car elle ne trahirait pas maman qui lui a forcément donné des consignes concernant mon père. Ne rien laisser filtrer. Ou le moins possible, en tout cas. Toute petite, j'ai tenté d'en savoir davantage sur le mystérieux personnage que je recherche aujourd'hui. Mais maman ne me répondait pas et pire, je voyais bien que mes questions la peinaient énormément. Alors, très vite, j'ai arrêté d'en poser. Ce qui est certain, c'est qu'elle a été sacrément traumatisée par la disparition de son mari.

Je me souviens de ce jour où tatie Rosalie m'a confié une bribe de leur histoire. J'étais adolescente ; maman avait dû s'absenter à La Rochelle et je lui avais demandé de me conduire au refuge animalier que gère sa sœur. J'aimais tant caresser ces chats et ces chiens abandonnés et aider les bénévoles à s'occuper d'eux. Tatie Rosalie et moi, nous venions d'entrer dans l'enclos d'un chien qui, quelques mois auparavant, avait été accroché par un chauffard ivre.

– Ça me rappelle l'accident de moto de tes parents, tiens, a lâché tatie.

Puis elle s'est mordu la lèvre inférieure.

– Oh ça va, tatie, ai-je répliqué avec aigreur, tu pourrais peut-être m'en dire un peu plus ? C'est une véritable omerta qui entoure papa, j'en ai marre !

Alors, tatie Rosalie m'a caressé doucement les cheveux.

– Il ne faut pas en vouloir à ta mère, Lili.

Et devant mon air suppliant, elle m'a raconté. La passion de mes parents pour la moto. Leurs vacances sur la côte landaise, avant ma naissance. Le conducteur d'une voiture avec beaucoup trop d'alcool dans le sang qui avait percuté la grosse Honda Shadow de papa. Maman s'en était tirée avec des contusions, mais le bras de papa était ouvert et il avait dû être opéré en urgence.

– Heureusement, ils ne roulaient pas vite et ils étaient très bien équipés. Ça aurait pu être pire, tu sais, a conclu tatie. Ils ont eu de la chance.

Quand Shahbaj m'a rapporté la description de Sozib et a évoqué cette cicatrice sur l'avant-bras, nous avons décidé de nous rendre le plus tôt possible à Hadahaa, une petite île circulaire se trouvant au sud de l'archipel, dans l'atoll de Gaafu Alifu. Mon compagnon a réussi à négocier un jour de congé coïncidant avec le mien. Et nous voici tous les deux dans l'un des petits avions de la ligne intérieure du pays. Ils effectuent des transferts qu'on nomme des « vols domestiques ». Financièrement, c'est bien plus abordable que le trajet en « taxi aérien », autre nom local de l'hydravion. Ce qui n'est pas négligeable pour nous. Notre avion survole les atolls de plus haut, mais le spectacle est tout de même magistral.

J'ai dû prononcer cette dernière phrase à voix haute, car Shabhaj m'interroge :

– Est-ce que tu pourrais m'expliquer ce que veut dire le mot « atoll », s'il te plaît ? Je l'ai entendu prononcer plusieurs fois par les collègues, mais j'en ignore la signification.

– Eh bien, ce terme est originaire des Maldives et se dit *atholhu* en dhiveli. Il désigne les vingt-six ensembles d'îles plates en forme de couronne qui forment l'archipel. Elles sont toutes composées de sable sur une structure de corail et sont protégées par les récifs coralliens qui ceinturent les lagons. Pas vraiment clos en réalité, car des passes laissent entrer les courants. Ce qui est d'ailleurs vital pour l'écosystème. Les touristes me demandent parfois comment se sont formés les atolls, mais en fait, personne ne sait véritablement expliquer leur origine. Il existe plusieurs théories. Ce qui est sûr, c'est que les récifs coralliens sont très fragiles. Heureusement, ils continuent sans cesse de grandir.

Après l'avion, nous prenons un *speed boat (14)* durant vingt minutes, avant de pouvoir fouler le sol d'Hadahaa et de nous rendre à l'hôtel luxueux indiqué au frère de Sozib. Une fois sur place, nous nous dirigeons immédiatement vers le centre de plongée. Un employé, occupé à trier du matériel, nous informe qu'une sortie a lieu en ce moment-même et qu'il nous faudra patienter une bonne heure avant le retour des touristes et de leur instructeur. « C'est d'ailleurs l'une des dernières plongées qu'il accompagne. Il en a beaucoup moins guidées cette année, car il a décidé d'arrêter cette activité. C'est qu'il s'occupe aussi de la gestion de l'hôtel et vous savez, il n'est plus tout jeune », nous explique l'homme, plutôt bavard.

Puis sa bouche s'étire en un grand sourire, tandis qu'il annonce : « Il m'a formé pour le remplacer. Nous sommes plusieurs moniteurs, mais bientôt, je serai nommé responsable du centre de plongée. »

Tout en sirotant l'eau d'une noix de coco servie au bar, je ne quitte pas l'océan des yeux. Je scrute l'arrivée du *dhoni* qui, peut-être, va me rendre mon père. Lorsqu'il apparaît, mon cœur se met à battre la chamade. Du coin de l'œil, je vois que Shahbaj n'en mène pas plus large que moi. Nous nous levons afin d'assister de loin au débarquement sur le ponton.

Et là, je retiens mon souffle. Un grand gars halé et barbu aide les plongeurs à poser le pied à terre. Le son de sa voix grave parvient jusqu'à moi. Une certitude inouïe m'étreint tout à coup.

Je serre très fort le bras de mon compagnon : « C'est lui, Shahbaj, j'en suis sûre. C'est mon père. »

(14) : speed boat : bateau rapide

12

LILI

Île d'Hanimaadhoo, Maldives

20 décembre 2018

Les participants à l'excursion se sont dispersés dans un joyeux brouhaha. Shahbaj et moi, nous nous avançons vers le comptoir du centre de plongée. L'instructeur se tient derrière. Seul. Il se désaltère longuement avec une bouteille d'eau fraîche. L'émotion qui m'a saisie est si intense qu'il va m'être impossible de proférer un seul mot, je le sens. Mon compagnon l'a compris et surmontant son trouble, c'est lui qui prend la parole.

– Bonjour, prononce-t-il d'un timbre un peu voilé.

– Bonjour, répond un peu sèchement celui que j'imagine être mon père.

Mon regard ne peut se détacher de la cicatrice blanche qui court le long de son avant-bras droit, légèrement levé pour tenir la bouteille. Au bout d'un temps indéterminé, je perçois que l'homme barbu me dévisage. Deux yeux clairs viennent rencontrer les miens. Une seconde passe, au goût d'éternité. Un instant unique, dans lequel se déploie un sentiment de profonde incrédulité de part et d'autre. J'éprouve l'étrange sensation de mobiliser toutes mes ressources afin de remonter dans le temps. De faire coïncider, avec celui qui me fait face, une image enfouie du passé. Un visage fantasmé. Un portrait esquissé par ma mère au stylo-bille noir sur le coin d'une nappe en papier lors d'un repas au restaurant quand j'étais adolescente.

– Lili ? s'enquiert la voix de mon père qui s'est singulièrement adoucie en prononçant mon surnom.

Un mot, un seul, parvient à franchir le barrage de mes lèvres :

– Oui.

Un nouveau silence, qui se prolonge cette fois. Je reste là. Incapable de bouger. Soufflée. J'ai tant attendu ce moment.

– Venez, dit mon père, nous n'allons pas rester là. Je vous offre un rafraîchissement chez moi. C'est à cent mètres d'ici.

Mon amoureux me prend par la main et nous lui emboîtons le pas. En tant que gérant de l'hôtel, il habite un grand appartement lumineux. Sa véranda donne directement sur la plage privée du complexe de luxe, entourée de végétation tropicale. Nous nous y installons, dans des fauteuils moelleux et confortables qui épousent parfaitement nos corps. Les mêmes que celui de ma petite terrasse. En buvant avec plaisir un jus de mangue frais, je réussis à reprendre mes esprits.

Après quelques banalités échangées avec Shahbaj sur notre voyage jusqu'à Hadahaa, mon père se tourne vers moi :

– Je suis vraiment heureux que l'émission télévisée soit arrivée jusqu'à toi.

Je le regarde, interloquée.

– Hein ? Quelle émission ?

– Mais... le reportage sur cet hôtel cinq étoiles ! Ne me dis pas que tu ne l'as pas vu ou qu'on ne t'en a pas parlé ?

Devant mon air hébété, il explique qu'il a participé l'été dernier à un reportage sur les actions écologiques menées par l'établissement dont il est le gérant. Il nous apprend qu'il m'a adressé un message personnel en fin d'interview, pour indiquer qu'il m'attendait. Ici, sur l'île d'Hadahaa.

– Le reportage a été diffusé sur de nombreuses chaînes internationales et notamment sur France 5. Je nourrissais l'espoir que, passionnée par la plongée sous-marine et forcément sensibilisée à la protection de l'environnement, tu verrais ce reportage. Ou quelqu'un de ton entourage, qui pourrait te parler d'un monsieur Ubel ayant laissé un message à sa fille Lili, via les ondes. C'était certes improbable et j'avoue avoir eu la curieuse sensation de lancer une bouteille à la mer.

Non sans humour, je remarque :

– Eh bien, ta bouteille est toujours ballottée par les vagues de l'océan. Ce n'est pas du tout comme ça que je t'ai retrouvé.

C'est au tour de mon père d'être étonné.

– Mais... comment, alors ?

J'évoque la raie manta qui porte mon surnom. Ainsi que mon travail de biologiste m'ayant permis d'accéder à cette information. Puis je demande, d'une petite voix qui ressemble à celle d'une enfant ayant besoin d'être rassurée :

– C'est bien toi qui as repéré la raie et l'a baptisée ainsi ?

Mon père émet d'abord un long sifflement.

– Tu es devenue biologiste marine, bravo !

Puis il m'adresse un clin d'œil :

– C'est moi, en effet. Mais si je m'attendais à ce que tu me recherches de ton côté et suives cette piste !

Depuis le début de nos retrouvailles, un élément m'interpelle.

– Dis-moi, comment as-tu pu me reconnaître d'emblée ? J'étais bébé quand tu es parti.

Alors, mon père me cloue sur place en me confiant que jusqu'à l'année de mes dix-sept ans, il ne m'a pas perdue de vue.

– J'ai longtemps vécu à Paris avant de venir ici. Quand tu étais enfant, je faisais de temps en temps le trajet jusqu'à l'île de Ré dans le but de t'apercevoir de loin, à la sortie de l'école. Ensuite, j'ai suivi ta scolarité grâce à mon ami François, le père de Mathilde qui était dans le même collège et le même lycée que toi, tu te souviens ? C'est aussi comme ça que j'ai appris ta passion pour la plongée.

Éberluée, je murmure :

– Mais oui, Mathilde était mon amie. Nous nous sommes retrouvées dans la même classe de la 3ème à la 1ère. Alors comme ça, elle relatait à ton ami des faits qui me concernaient ?

– Pas exactement, sourit mon père. François lui posait habilement des questions. Sans le savoir, elle fournissait les éléments de ta vie que je souhaitais connaître.

L'idée de cet espionnage à distance m'a émue quand mon père a révélé s'être déplacé plusieurs fois depuis la capitale pour m'entrevoir quelques minutes sur l'île de Ré. En revanche, je déteste que l'on utilise quelqu'un à son insu. Et là, il s'agit de mon amie Mathilde à qui son père extorquait des renseignements pour les transmettre au mien ! Une action loin d'être glorieuse et dont mon père ferait mieux de ne pas se vanter. Je crois d'ailleurs qu'il a noté mes sourcils froncés. Mes poings serrés. Ma respiration qui s'est accélérée. Une grosse colère gonfle en moi.

Sans doute pour couper court à ce bouillonnement intérieur qui menace d'exploser, mon père se redresse dans son fauteuil.

– Attendez une minute, je reviens de suite, nous déclare-t-il en se levant.

Il est de retour très vite, un petit livre à la main.

– Je suppose que ta prochaine question portera sur la raison pour laquelle j'ai disparu brutalement de ta vie et de celle de ta mère, formule-t-il avec une spontanéité et une franchise qui me surprennent agréablement. Ce serait bien long à t'expliquer et je crains de ne pas aussi bien l'exposer que dans cet ouvrage.

Il me le tend. Je l'attrape, jette un œil à la couverture et ma paume devient toute moite. L'ouvrage s'intitule *LE CHOIX D'ALBANE*.

– Tu découvriras toutes les réponses à tes interrogations là-dedans, reprend mon père. Tu vois, j'ai eu besoin de noircir du papier. Tu comprendras pourquoi au cours de ta lecture. Oh, rassure-toi, je n'ai pas étalé la vie privée de la famille au grand jour. Tu ne trouveras pas ce livre en librairies. Tout simplement parce qu'il n'a pas été édité. Il a seulement été imprimé en trois exemplaires : un pour Claire, un pour toi et un pour moi. Celui-ci est le tien ; il t'attendait.

Je tourne la tête vers Shahbaj qui affiche un air sidéré. Sans nul doute identique au mien.

Et comme si la journée n'en finissait pas de distiller ses surprises, je vois soudain le regard de mon père se détacher du petit ouvrage. Il se reporte aussitôt sur l'étendue de sable blanc ourlée par les vagues que nous apercevons depuis la terrasse. L'expression grave du visage paternel s'est éclairée d'un sourire tendre.

Intriguée, je me lève à mon tour pour mieux observer la belle blonde en robe légère qui remonte de la plage. D'une démarche dansante, elle dépasse la rangée de transats et se dirige vers nous. D'ici, une vision tout à fait charmante. Je me dis que mon père a bien raison d'apprécier les jolies femmes.

Pourtant, plus elle s'approche, plus ma gorge s'assèche. Mes mains tremblent. Mes jambes ne me portent plus et je me laisse glisser jusqu'au sol. Car maman m'a déjà parlé de ce pas particulier, de ce maintien gracieux dû à des années de danse classique assidue. De cette chevelure d'un blond presque blanc.

Je sais parfaitement qui est cette femme. Ma mémoire a même enregistré son prénom. Elle s'appelle Claire.

Troisième partie

Le choix d'Albane

1

ALBANE

Ars-en-Ré,

20 décembre 2018

Depuis quelques jours, je n'ai pas le moral. Lors de notre dernier appel vidéo avec nos smartphones, Lili m'a confirmé qu'elle ne rentrerait pas en France pour Noël. Dans les pays musulmans, cette fête n'existe pas. L'hôtel où elle travaille prévoit simplement quelques décorations et organise un dîner le soir du vingt-quatre décembre pour les touristes. D'autre part, à cette période, les complexes hôteliers sont pleins à craquer et ont besoin de tout leur personnel. Les visiteurs réalisent le rêve de passer l'hiver sous les Tropiques, au moins une fois dans leur vie. Et les Maldives représentent le lieu idyllique.

Évidemment, nous nous doutions que ma fille ne pourrait peut-être pas revenir passer les fêtes de fin d'année avec nous. Elle avait déjà évoqué cette possibilité, mais espérait pouvoir négocier une petite semaine, en cumulant des jours de congé. D'autant plus qu'une collègue biologiste en recherche de poste était intéressée pour la remplacer pendant ce temps. Baptiste et moi avions proposé à Lili de lui payer le voyage. Mais apparemment, le complexe hôtelier ne souhaite pas se passer des services de ma fille.

Je pousse un grand soupir navré. Noël sans Lili, ce ne sera pas un vrai Noël.

Pourtant, Baptiste et Gaëtan sont adorables avec moi. Sans compter que depuis hier, ils rivalisent de messes basses, aussitôt interrompues quand je passe près d'eux. Je sais ce que cela signifie : ils se mettent d'accord au sujet de mon cadeau. Tous les ans, le père et le fils me préparent ensemble une délicieuse surprise. Je suis toujours très émue par leur belle complicité. D'habitude, je suis impatiente de connaître leur choix, effectué avec tant d'amour. Mais je n'y peux rien, cette fois mon plaisir est entaché d'une tristesse qui me colle à la peau. Têtue. Accablante. Impossible à apaiser. Dès mon réveil, elle teinte ma journée de morosité. Quand reverrai-je ma grande, autrement que sur mon écran de téléphone ?

Comme un fait exprès, mon cou, mon dos, mes épaules sont de plus en plus raides et mes douleurs se sont amplifiées. Je note également un tremblement de ma main droite plus important. Je ne peux presque plus dessiner.

Heureusement, aujourd'hui nous sommes jeudi et Océane ne va pas tarder à arriver. Une grande enveloppe libellée à son nom l'attend sur le guéridon de l'entrée. Probablement ses premiers cours par correspondance. J'imagine d'avance sa joie pétillante. Peut-être parviendra-t-elle à m'arracher un sourire.

Reprendre un cursus universitaire pour devenir psychologue représentait un parcours trop lourd pour ma nouvelle amie, qui doit gérer en même temps de son mieux sa vie de famille. Alors, elle s'est abondamment renseignée et a opté pour une autre formation. Celle-ci s'appelle de « psychopraticienne en relation d'aide », basée sur les travaux du célèbre psychologue américain Carl Rogers. Elle comporte plusieurs modules et dure deux ans. Il y aura des séances en visio qu'Océane pourra suivre sur mon ordinateur, car elle n'en possède pas et ne souhaite surtout pas utiliser celui de son mari. Je lui ai promis que nous nous débrouillerions afin que Rodolphe ne soit pas au courant de notre arrangement.

Le projet de cette formation donne des ailes à mon amie. Elle a prévu de se lever tous les matins à cinq heures afin d'être tranquille pour étudier. Cela lui laissera à-peu-près deux heures. Son mari, gros dormeur, ne se réveille jamais avant sept heures. Quant aux petits, ils émergent environ une demi-heure après leur père. Océane doit ensuite les préparer et les conduire à l'école, avant d'aller travailler. Je suis épatée par son courage et sa volonté.

Elle m'a fait également part de son rêve d'ouvrir un jour son propre cabinet libéral. Jusque-là, il s'agissait pour elle d'un désir inaccessible, mais j'ai la sensation qu'à présent, une autre dimension s'ouvre en elle. Celle d'une ébauche de reconversion professionnelle. Je suis très admirative des progrès de ma jeune amie. Il y a encore deux mois, elle se trouvait archi-nulle dans beaucoup de domaines. Émue, j'assiste à l'émergence d'une force jaillissante qui la guide vers une nouvelle naissance.

Je suis certaine que son projet va réussir. Son empathie, son écoute et sa bienveillance la portent naturellement vers un tel métier. D'autre part, le travail psychique intense et sérieux qu'elle effectue intérieurement à propos de son couple va forcément la structurer. Elle pourra apporter aux autres le regard de plus en plus lucide qu'elle déploie sur elle-même et sur la situation qu'elle vit. Je suis heureuse de soutenir Océane dans cette voie salutaire. Elle le mérite.

Quant à moi, je bénéficie de sa générosité sincère et inconditionnelle. Elle me prête invariablement une oreille attentive, lors de nos rencontres de plus en plus fréquentes. Notre amitié est un élan. Un instinct. Un vrai bonheur. Nous réussissons souvent à grappiller de petits moments de complicité entre ses prestations chez ses employeurs. Installées bien au chaud dans la salle du Café du Commerce, autour d'une tasse de chocolat fumant et onctueux. J'ai finalement raconté à mon amie ce qui me pèse tant depuis des années. Avec sa grâce toute naturelle et sa façon unique d'accueillir les mots sans les juger, elle m'a écoutée sans m'interrompre. Cela m'a énormément soulagée.

Bien entendu, Rosalie est mon alter ego et n'ignore rien de mon passé. Mais elle est tellement occupée avec son refuge, où elle se rend même le week-end. Cela me fait un bien fou de pouvoir compter aussi sur Océane.

2

JOURNAL D'OCÉANE

Ars-en-Ré, vendredi 21 décembre 2018

Comme chaque vendredi matin, j'ai fait le ménage chez madame Belloc, ma petite mamie préférée. Tandis qu'allongée au calme sur son lit, elle dévorait un roman et que je passais l'aspirateur dans sa salle à manger, j'ai repensé à ma conversation d'hier soir avec Albane.

J'avais travaillé toute la journée chez mon amie. Je ne l'avais pas trouvée très en forme et cela m'inquiétait un peu. À vingt-et-une heures, mon téléphone portable a sonné. C'était son numéro. Albane sait qu'à ce moment-là, les enfants sont couchés. Je dispose d'un temps pour moi, alors que Rodolphe se prélasse sur le canapé, une bière à la main, devant le film du soir.

Albane avait un scoop à m'annoncer, qui a relégué aux oubliettes mes questions concernant son état de santé. Ce qu'elle m'a appris m'a rendue si heureuse pour elle. Je me suis dit que son moral allait forcément remonter en flèche. Ouf !

— C'est à propos de mon cadeau de Noël, a commencé mon amie, d'une voix où vibrait une émotion palpable. Après le repas, je suis allée dans le salon et me suis assise

dans un fauteuil. La guirlande lumineuse clignotait dans le sapin. Dans le noir, des éclats dorés tremblotants mouchetaient les meubles tout autour. Une danse subtile. Ravissante. Rêveuse, je songeais à ces Noëls d'autrefois, quand les enfants étaient petits. La nostalgie de ces moments de bonheur, gravés au fond de mon cœur, m'a saisie tout à coup. Heureusement, ma mélancolie n'a pas duré. Baptiste et Gaëtan sont entrés à leur tour dans la pièce. Mon fils est venu s'asseoir à mes pieds, en tailleur sur le tapis, tandis que son père allumait notre lampadaire à la lueur tamisée. Tu sais, celui en forme de croissant de lune.

J'ai revu mentalement, dans son salon, le sapin en bois brut fait-maison, si original. D'après Albane, depuis l'âge de quatorze ans, c'est Gaëtan qui le décore. Il choisit un thème différent chaque année. J'ai trouvé l'idée tout à fait charmante. Cette fois, il a opté pour un style nordique. Authentique. Épuré. Pommes de pin, étoiles suspendues, boules bleues et blanches, fine guirlande à LED. Ce jeune homme a une réelle sensibilité. Un goût artistique indéniable.

Albane a poursuivi ses confidences :

– J'ai noté une agitation inaccoutumée chez mon fils. Il se trémoussait sur le tapis et son regard fébrile ne quittait pas le mien. Alarmée, je l'ai questionné.

– Qu'est-ce qui se passe ? Tu ne tiens pas en place, on dirait.

Baptiste, qui avait pris place sur le canapé, s'est raclé bruyamment la gorge. Que manigançaient-ils donc, ces deux-là ? C'est Gaëtan qui a pris la parole en premier.

–Maman, a-t-il déclaré avec une sorte de solennité que je ne lui connaissais pas, papa et moi, nous devons t'offrir ton

cadeau dès maintenant.

Sur le moment, j'en suis restée interdite. Puis je me suis reprise.

—Mais... nous ne sommes que le vingt décembre, ai-je rétorqué.

Mon fils et son père se sont regardés et ont échangé un clin d'œil qui ne m'a pas échappé. Gaëtan a continué :

— En fait, c'est spécial. Ça va... hum... nécessiter une certaine organisation préalable. Papa et moi, on espère surtout que tu seras d'accord.

J'étais comme sur des charbons ardents. Je me suis redressée sur le fauteuil et les ai apostrophés tous les deux :

— Bon ben, allez-y, dites-moi ! Arrêtez de me faire languir !

Alors, Baptiste s'est levé et m'a tendu son téléphone portable.

—Joyeux Noël en avance ! a-t-il murmuré doucement à mon oreille.

Sur l'écran, j'ai aperçu la confirmation d'une réservation dans un hôtel. Trois semaines pour trois personnes.

— Trois semaines ! me suis-je exclamée. On a gagné au loto, Baptiste, ou quoi ?

— Pas encore, a répondu mon homme, amusé. Mais ça fait deux ans qu'on n'a pas pris de vacances, Gaëtan et moi. Alors les poissons attendront bien notre retour, non ?

Gaëtan, surexcité, a crié :

—Tu as vu où on va, maman ?

C'est alors que j'ai compris. Ils me connaissent si bien, tous les deux. Mon cœur battant à grands coups dans la poitrine, j'ai jeté à nouveau un œil sur la réservation effectuée par Baptiste. Un peu plus timide ce coup-ci, car une crainte diffuse venait brusquement d'effacer ma certitude. Et si mon intuition me trompait ? Si mon homme nous avait concocté un voyage, ailleurs que dans LE SEUL endroit où j'aurais souhaité me rendre en sa compagnie et celle de notre fils ? Dans mon empressement à découvrir la fameuse surprise, je ne m'étais pas préoccupée de l'emplacement de l'établissement hôtelier. Mon regard était resté bloqué sur la première ligne.

Mais ma brève appréhension s'est avérée sans fondement. Le lieu de notre séjour prochain s'est affiché sous mes yeux écarquillés : HANIMAADHOO, MALDIVES.

En écoutant Albane, j'ai réalisé avec joie qu'elle allait commencer l'année 2019 auprès de sa fille. Elle m'a expliqué qu'elle partirait le vingt-six décembre pour Paris, accompagnée de Baptiste et Gaëtan. Tous trois dormiront dans un hôtel près de l'aéroport de Roissy-Charles-de-Gaulle. Le vingt-sept en début d'après-midi, ils embarqueront dans un Boeing de la compagnie aérienne Qatar Airways, jusqu'à la ville de Doha. Là, ils auront une escale de quelques heures, avant le vol de nuit vers Malé, capitale des Maldives. Enfin, le vingt-huit au matin, ils prendront l'hydravion qui les conduira à l'île d'Hanimaadhoo. Un sacré périple !

−Tu vois, nous passerons le vingt-cinq décembre à la maison, mais ce n'est pas grave, puisque nous nous envolerons vers Lili dès le surlendemain. La vie n'est pas parfaite, mais quelquefois, elle est sacrément géniale, a remarqué mon amie, en saupoudrant un soupçon de sagesse au cœur de son enthousiasme communicatif.

− Waouh, quel bonheur pour toi ! me suis-je écrié.

Désormais, je parviens à tutoyer Albane. Je ne pensais pas y arriver, mais je l'aime tellement, que finalement cela n'a pas été si difficile. Je sais que notre rencontre est un véritable coup de cœur amical. Un cadeau de la vie. Auprès de mon amie, je me sens considérée. Épaulée. Elle affirme que je suis en train de sortir de mon cocon pour devenir un superbe papillon, aux teintes chatoyantes. Il est vrai que grâce à elle, j'aperçois les prémices d'un nouvel avenir. Tout au fond de moi, je me sens à la fois optimiste et réaliste, avec une volonté étourdissante qui pointe son nez. Une détermination chaque jour plus claire. Plus évidente. Je désire tout faire pour que les choses s'améliorent dans ma vie. Pour saisir cette chance inouïe qui se présente. Je crois que ça s'appelle l'espoir.

Hier soir, au bout du fil, mon amie était intarissable.

– Il va falloir que je fasse l'inventaire des vêtements d'été qui me vont encore, m'a-t-elle exposé. Depuis quelque temps, je n'ai pas beaucoup d'appétit et j'ai pas mal maigri. C'est malheureusement l'un des effets secondaires de mon traitement médicamenteux.

Soudain, une pensée m'a traversé l'esprit. Je la lui ai exprimée :

– Et ta fille ? Elle est au courant de votre venue ?

Albane a ri.

– Eh bien, figure-toi que j'ai posé exactement cette question à Baptiste. Il m'a dit qu'il attendait de savoir si je me sentais physiquement capable d'une telle expédition, avant d'avertir Lili. Il a réservé l'hôtel et les vols avec une option d'annulation jusqu'à quarante-huit heures avant notre départ. Je dois t'avouer que jusqu'à ce soir, j'étais loin de me sentir au top. Mais cette surprise est si fabuleuse ! Si excitante ! Je vais revoir ma puce, ça change tout ! Comme tu peux l'entendre, j'éprouve déjà un regain d'énergie. Aux côtés de mon homme et mon fils, je suis persuadée que ce voyage et ce séjour se dérouleront merveilleusement bien.

J'ai croisé les doigts en espérant qu'elle ait raison. L'action du psychisme est si puissante sur le corps. Retrouver sa fille, d'autant plus dans son paradisiaque lieu de travail, va sans aucun doute booster Albane. Un grand sourire aux lèvres, j'ai demandé :

–Je suppose que vous allez appeler Lili dès demain matin, puisqu'avec cinq heures de décalage horaire, elle doit dormir à cette heure-ci ?

C'est alors qu'Albane m'a scotchée.

– Eh bien, j'ai eu une idée, moi aussi. Je l'ai suggérée sans attendre à Baptiste et Gaëtan. Et si on ne disait rien à Lili ? Si on lui faisait la surprise ? Après tout, ils n'ont pas hésité à mijoter la mienne ! Tu sais quoi ? Ma proposition a été adoptée à l'unanimité.

3

LILI

Île d'Hanimaadhoo, Maldives

20 décembre 2018

Shahbaj et moi sommes repartis vers le quai où nous avait déposés le *speed boat*. J'étais trop bouleversée pour rester une minute de plus auprès de mon père et de sa compagne. Ils l'ont parfaitement compris et n'ont pas insisté. Je pense qu'il me faudra un certain temps avant de pouvoir revenir vers eux. Cependant, à peine assise dans l'avion du retour, j'ai attrapé le petit livre écrit par mon père, que j'avais glissé dans mon sac à dos. Durant tout le vol, j'ai lu. Afin de comprendre. Au fil de ma lecture, j'ai un peu souri. Mais j'ai surtout pleuré.

Ce soir, Shahbaj et moi n'avons pas fait l'amour. Allongés sur le lit, nous avons écouté en silence les bruits de la nuit. Le vent dans les palmes des cocotiers. Les vagues venant mourir sur la grève.

Moi aussi, je vivais une petite mort. Celle de mes

illusions. Shahbaj m'a tenue longtemps serrée dans ses bras. J'y étais bien. Comme dans un cocon. Tout doux. Tout douillet. Cela consolait la petite fille au fond de moi qui découvrait soudain que son père n'était pas celui qu'elle avait imaginé. Je me suis souvenue de celui que je m'étais créé de toutes pièces vers l'âge de quatre ou cinq ans, quand je m'endormais le soir, en songeant à lui. Il devenait alors un être exceptionnel que je parais de toutes les qualités. Une sorte de héros inaccessible, supérieur, qui ne pouvait décemment rester auprès de ma mère et moi, qui étions si ordinaires. Mais aujourd'hui, j'ai rencontré mon père. Le vrai. C'est tout simplement un homme. Amoureux. D'une autre femme que ma mère.

Et ELLE ? Que dire d'ELLE ? Je ne l'avais vue qu'une fois, dans un album photo. J'y étais un minuscule bébé. Elle se penchait sur mon berceau. Une très belle femme, vêtue d'une robe rouge élégante. Une silhouette fine. Un regard clair. Des pommettes hautes. Des cheveux foncés, coiffés en un joli carré court dégradé, dévoilant une nuque gracieuse.

Aujourd'hui, je me suis volontairement montrée désagréable envers Claire. Je lui ai demandé, sur un ton moqueur : « Il me semble que ce n'est pas ta couleur naturelle, ce blond platine ? » Elle m'a renvoyé un sourire, plutôt gentil, et a formulé avec douceur : « Non, je suis brune en réalité. Mais un jour, j'ai trouvé que cette teinte était plus en adéquation avec mon prénom. »

En parcourant *Le Choix d'Albane*, j'ai appris que

Claire avait eu sa première fille très jeune, à dix-sept ans. Elle n'était pas maternelle, mais ça, je le savais déjà. Pourtant, mon père a écrit qu'elle aimait ses enfants. À sa manière. Sans effusions mais avec sincérité. D'après lui, les Maldives auraient pu représenter pour Claire un paradis sans nuages, si ses deux filles ne lui avaient pas autant manqué. Je soupire et grimace : une drôle de manière d'aimer, si j'en crois la réalité que j'ai désormais sous les yeux.

– À quoi penses-tu ? me demande Shahbaj. Il a certainement décelé mon agitation, suscitée par mes pensées affligeantes.

Amère, je lui détaille mon désenchantement. Il se tourne sur le côté et d'un doigt léger, caresse l'une de mes joues avec délicatesse. Je perçois qu'il réfléchit aux mots justes, susceptibles de m'apaiser.

– Écoute ma chérie, c'est un véritable amour qui les unit, tous les deux. Profond. Durable. Ça se voit au premier coup d'œil. Que peut-on faire contre l'Amour avec un grand A ? D'accord, Claire a une bonne quinzaine d'années de plus que ton père, mais je n'en ai que vingt-trois et toi vingt-neuf, non ? L'âge importe peu quand on s'aime aussi fort que ça. »

C'est exactement ce que mon père a tenté d'expliquer dans son livre. Lorsqu'il a rencontré Claire, elle ne vivait pas en France. Avec son époux, elle était venue à La Rochelle pour assister au mariage de mes parents. C'est ce jour-là que mon père et elle ont été happés par cet imprévisible amour interdit. Un coup de foudre insensé. Une évidence immédiate. Une force irrésistible, qui les a poussés l'un vers l'autre.

Pendant six longues années, ils ont essayé d'oublier cette folle attirance. Ils ont lutté de toutes leurs forces afin de ne pas y succomber. Ils se sont abondamment raisonnés, pour ne pas faire de mal à Albane. En vain. Ils habitaient à des milliers de kilomètres l'un de l'autre, mais leurs cœurs restaient épris. C'était plus fort qu'eux.

Le mari de Claire est mort il y a vingt-six ans. Son corps a été rapatrié en France et enterré au cimetière de la Rochelle. Après l'inhumation, Claire a séjourné quelques jours chez mes parents. Et ce qui devait arriver s'est produit. Mon père et elle se sont rapprochés. Ils ont enfin pu pleinement s'aimer.

Je sèche du plat de la main les larmes que je n'ai pu réprimer et j'embrasse tendrement Shahbaj. Si jeune mais si empathique. Si sensible. Il a le don de faire fondre mon cœur. Moi aussi, je pense que j'ai rencontré l'Amour. Le vrai.

La main de mon amoureux dans la mienne, harassée par la cascade d'émotions générée par notre escapade, je m'apprête à sombrer dans le sommeil. Quelques secondes avant de m'assoupir, je m'entends murmurer comme dans un rêve : « OK, je peux comprendre le caractère inéluctable de leur relation. Mais j'ai eu un drôle de choc aujourd'hui. Claire, c'est quand même ma grand-mère, la mère de maman. »

4

SHAHBAJ

Île d'Hanimaadhoo, Maldives

4 janvier 2019

Albane, Baptiste et Gaëtan sont arrivés à Hanimaadhoo vendredi dernier, il y a exactement une semaine. C'est la première fois qu'ils découvrent les Tropiques. Les parents de Lili sont adorables. Quant à son frère, je m'entends très bien avec lui. C'est un garçon ouvert et sensible, d'à peine un an de moins que moi. Ici, tout l'enthousiasme. Il est émerveillé par la beauté de la nature tropicale, restée intacte sur cette île préservée. Curieux du mode de vie des Maldiviens habitant au village, que nous avons visité un après-midi ensemble. Épaté par les actions de l'éco-hôtel où Lili et moi travaillons, œuvrant activement afin de protéger la biodiversité locale. Gaëtan se montre également avide de détails sur ma vie au Bangladesh. Je la lui décris avec plaisir et lui parle souvent de mon père, ma mère et mon petit frère. Je suis tellement heureux de pouvoir aider financièrement mes proches, afin d'améliorer leur quotidien.

Depuis une semaine, seule la relation entre Lili et sa mère pose problème. Elle plombe sérieusement l'ambiance. D'emblée, mon amoureuse a instauré une certaine distance entre elles, ce qui semble tout à fait inhabituel. « Qu'est-ce qu'elle a, Lili ? » m'a demandé Albane, déconcertée, au bout de quelques jours. « Je la trouve bizarre. Elle me cache quelque chose, non ? »

Je n'ai pas su quoi lui répondre. Ce n'est pas à moi de lui révéler la présence de son mari et de sa mère aux Maldives. Ni les retrouvailles de sa fille avec son père et sa grand-mère, le vingt décembre sur l'île d'Hadahaa. De même que je n'ai pas à mentionner le petit livre qui porte son prénom, écrit par Yann.

En même temps, je comprends la réaction de ma Lili vis-à-vis d'Albane. Elle est toujours sous l'immense choc de ses récentes découvertes. « Tu te rends compte, mon chéri » ? m'a-t-elle confié d'un air écœuré, dès le soir des retrouvailles avec son père, après avoir lu *Le Choix d'Albane*. « Comment aurais-je pu imaginer une seule seconde qu'il s'était mis en couple avec ma grand-mère ? Je croyais sincèrement qu'elle était restée à La Réunion, où elle vivait avec mon grand-père Louis, avant son décès. À l'époque, mes grands-parents possédaient un appartement à Paris. C'était leur pied-à-terre quand ils revenaient en France. Eh bien figure-toi que mon père et Claire s'y sont installés avant d'émigrer aux Maldives. Durant quatorze ans. C'est d'ailleurs pendant cette période que mon père suivait mon évolution, en venant incognito m'apercevoir de loin, à la sortie de l'école. Non mais franchement, on se croirait dans un scénario de film ! Je suis vraiment dégoûtée. Indignée par ces secrets que ma mère a soigneusement dissimulés, au point d'interdire à tatie Rosalie de m'en parler. Et cruellement déçue par ce comportement, qui exclut toute confiance en moi. Ça rime à quoi, tout ça ? Je conçois qu'elle ait beaucoup souffert, mais elle n'avait absolument pas le droit de me priver de mon père et de ma grand-mère ! »

Lili m'a prêté l'ouvrage de son père et comme elle, je l'ai lu d'une traite. Il n'est pas très long mais dense. Empli d'émotions poignantes. Parallèlement à son amour vrai pour Claire, Yann y exprime une tristesse lancinante. Un profond regret d'avoir été privé de sa fille. Une intense culpabilité de n'avoir pas su davantage les préserver, Albane et elle. Un besoin impérieux de se disculper, afin de ne pas passer pour le monstre qu'il n'est pas. Une terrible souffrance se dégage entre les lignes, mais aussi un gigantesque espoir. Malgré les circonstances, Yann n'a jamais cessé de penser qu'il pourrait un jour transmettre à sa fille sa propre version des faits. Ce qu'il ignorait totalement, c'est qu'elle n'était au courant de rien.

Même si elle tente de ne pas montrer sa colère, Lili est furax. Elle a décidé de ne pas jeter de l'huile sur le feu, afin de ne pas gâcher les vacances exceptionnelles de sa famille. Elle m'a expliqué qu'elle avait horreur des conflits. Et puis, comme elle dit : « Ils ne sont ici que pour trois semaines, alors autant ne pas envenimer les choses durant cette courte période. Je verrai après avec maman comment régler tout ça. » J'admets sa conduite, même si personnellement je ne suis pas d'accord. Je trouve qu'il vaut toujours mieux extérioriser ce qu'on a sur le cœur. Sans tarder. Un bon coup. Quitte à crier. À tempêter. À avoir très mal, sur le moment. Ensuite, une fois l'abcès crevé, on peut discuter. Essayer enfin de se comprendre. C'est l'une des choses essentielles que j'ai apprises chez moi, au Bangladesh. Abdul, mon père, a toujours eu à cœur de me transmettre de précieux messages. Celui-ci résonne encore à mon oreille : « Tu sais mon fils, à travers le tamis de mon expérience, j'ai retenu qu'il était salutaire de laisser sortir les émotions douloureuses. Sinon, elles te rongent de l'intérieur. » Effectivement, je constate qu'en agissant comme le fait Lili, en maintenant une distance calculée et en évitant l'affrontement, cela ne fait qu'empoisonner l'atmosphère. Peut-être est-ce un comportement hérité de sa famille car je constate que sa mère, son beau-père et son frère agissent de même. Chacun sent bien qu'un malaise plane, mais personne n'ose mettre les pieds dans le plat.

Pendant la journée, Albane reste sur la plage ou flâne dans le parc exotique de l'hôtel. Elle est subjuguée par la taille prodigieuse des plantes et la majesté des arbres. Étonnée par les voluptueux parfums des fleurs sucrées. Leurs formes insolites. Leurs couleurs éclatantes. Elle est ravie de surprendre la faune sauvage. Avec son téléphone, elle prend un tas de photos. Elle m'en a montré quelques-unes. Un pluvier crabier, cet élégant oiseau migrateur aux longues pattes fines et au bec noir, typique de l'océan Indien. Un gecko, ce petit lézard de couleur crème, photographié de très près. J'ai d'ailleurs mis plusieurs secondes avant de le distinguer, tant il se confond parfaitement avec la racine aérienne du figuier des banians *(15)* sur laquelle il se trouve. Et bien sûr, les renards volants qui nous offrent leurs fabuleux ballets au coucher du soleil.

Parfois, quand Albane se sent trop fatiguée à cause de sa maladie, elle lit au frais, dans sa chambre climatisée. Comme elle ne supporte pas le bateau car elle a le mal de mer, elle ne participe pas aux sorties quotidiennes organisées par Lili. En revanche, Baptiste et Gaëtan s'en donnent à cœur joie parmi les touristes. Ils rentrent enchantés de leurs explorations. Lorsque nous nous retrouvons tous ensemble, leurs récits enflammés deviennent le centre de la conversation. Lili y apporte volontiers des compléments d'informations. C'est loin d'être inintéressant et je suis heureux de contempler les visages qui s'illuminent. Mais entre mon amoureuse et sa mère, les non-dits sont palpables. Ils pèsent lourd. Je me dis qu'il va être difficile pour elles de tenir encore deux semaines sans qu'ils finissent par exploser.

Profitant de la journée hebdomadaire de congé de Lili et de ma pause qui suit le service du déjeuner, nous avons pédalé tous deux jusqu'au côté opposé de l'île. Exposé aux courants marins, il est beaucoup moins accueillant pour les voyageurs. C'est là que se trouvent les arêtes vives du récif, sur lesquelles les vagues viennent se fracasser. La plage est jonchée de coraux et de coquillages. D'une main, Lili essaie en vain de discipliner son rideau de cheveux ébouriffé par le vent. Cela me fait rire. Loin des siens, je sens mon amoureuse plus légère. Je regarde ma montre. Nous pouvons compter sur deux bonnes heures de tranquillité. D'autant plus qu'aux Maldives – étant donné que le soleil se couche tôt et rapidement sous les Tropiques –, beaucoup d'hôtels ont choisi de ne pas se caler sur le fuseau horaire local. Ils l'ont avancé d'une heure. Ainsi, les visiteurs peuvent profiter au maximum de l'ensoleillement de la journée.

En fin d'après-midi, Lili et moi nous trouvons sur sa petite terrasse, à siroter une tasse de thé vert tout en papotant. Soudain, nous entendons frapper à la porte de la chambre. Surprise, Lili se lève et va ouvrir. À cette heure-là, jamais personne ne nous dérange. À part Mo, notre collègue vietnamienne du spa, Lili n'a pas d'amie femme à l'hôtel. Et c'est justement le moment où Mo se trouve sur la plage, en train d'animer les cours de yoga du soir. Pour leur part, mes collègues serveurs se reposent encore un peu avant d'entamer le service du dîner. L'hôtel étant bondé en ce tout début de janvier, nous avons fort à faire. Albane doit sans aucun doute être à l'écoute des descriptions exaltées de Baptiste et Gaëtan, qui sont allés pêcher avec mon ami Sozib. En tant que professionnels, les quelques heures passées sur l'océan Indien les ont certainement passionnés.

Bon, de toute évidence, je me suis trompé dans ma

déduction de l'emploi du temps de chacun. En effet, c'est bien le filet de voix d'Albane, très particulier, qui résonne entre les murs beige et vert d'eau de la chambre de Lili. Auquel répond le ton courroucé de mon amoureuse. Aïe, cela ne présage rien de bon. Je ne souhaite pas les déranger dans leur discussion personnelle, mais tout de même, je tends l'oreille, bien que je ne comprenne pas le français. D'habitude, quand nous nous retrouvons tous les cinq, Lili me traduit l'essentiel de la conversation. Ou bien Albane et Gaëtan font l'effort d'utiliser l'anglais. Mais c'est à Baptiste qu'il faut alors expliquer les choses, car il n'est pas du tout doué dans cette langue internationale. Un va-et-vient linguistique qui nous amuse toujours beaucoup.

Je discerne soudain les intonations furieuses d'Albane.

– Et puis arrête de me répondre sur ce ton ! s'énerve-t-elle. Qu'est-ce qui se passe, à la fin ?

J'entends un peu de remue-ménage, puis je perçois la voix excédée de Lili.

– Tiens, tu n'as qu'à lire ce livre, tu comprendras mieux !

À travers une simple phrase, Lili a affiché ouvertement son agressivité. Cela ne m'a pas échappé. Alarmé, je risque un œil par la porte-fenêtre entrouverte de la terrasse. Voici apparemment venu le moment des grandes explications. Beaucoup plus tôt que prévu, selon les plans de mon amoureuse.

Lui faisant face, sa mère me tourne le dos. Lili se

dirige vers une étagère, attrape résolument *Le Choix d'Albane* et le tend à sa mère. Déroutée, celle-ci s'est figée.

– Qu'est-ce que c'est que ça ? bougonne-t-elle en fronçant les sourcils. Elle fourrage nerveusement dans son sac de plage pour y chercher ses lunettes, qu'elle utilise pour voir de près. Je devine qu'elle rentre juste de son après-midi au bord de l'océan. Elle aime rester longtemps allongée devant le lagon, sur l'un des transats que de grands parasols couleur sable protègent de l'ardeur trop vive du soleil. Il arrive qu'elle s'y endorme, car elle m'a expliqué qu'étant de nature insomniaque, ses nuits sont parfois trop courtes.

Albane chausse ses lunettes, jette un œil à la couverture de l'ouvrage et blêmit. Un lourd silence envahit l'espace. Lorsqu'elle reprend la parole, le timbre de sa voix est à peine audible.

– Où as-tu trouvé ça ?

Je vois Lili la défier du regard. Elle répond :

– C'est mon père qui me l'a donné.

Puis elle ajoute, un rictus amer au coin de ses lèvres pincées :

– En fait, je le connais si peu que je ne parviens même pas à l'appeler « papa. »

Je ne saisis pas le sens de leurs paroles, à part le joli mot « papa ». Cependant, je note l'attitude provocante de Lili, ainsi que le désarroi de sa mère. Sonnée, Albane balbutie :

– Mais... tu es en contact avec lui ? Depuis quand ? Et où se trouve-t-il, d'abord ?

Alors, je pressens, à ses yeux verts lançant des flammes, que Lili va dégoupiller sa grenade. Effectivement, elle la lance sans hésiter :

– Ici, aux Maldives. Et il n'est pas seul, figure-toi.

Je dois reconnaître que je me suis également trompé dans mon évaluation des réactions des uns et des autres. Lili a peut-être choisi l'évitement, mais pas Albane, qui a bel et bien fini par questionner sa fille. Là où j'avais raison, c'est que la tension entre elles était trop forte pour se prolonger encore pendant deux semaines. À mon sens, il ne s'agit que des premières étincelles. Il est évident que le brasier n'est pas loin.

(15) : *figuier des banians : arbre géant de la famille des figuiers, originaire du sud de l'Asie. Ses branches produisent de longues racines aériennes. Elles s'enracinent dans le sol et deviennent à leur tour des troncs d'arbres qui s'entrecroisent en grandissant. Dans le bouddhisme et l'hindouisme, le figuier des banians est un arbre sacré. On le voit souvent autour des temples. Pour les uns, Bouddha aurait connu l'Éveil sous son ombrage ; pour les autres, Vishnu serait né à ses pieds.*

5

ALBANE

Île d'Hanimaadhoo, Maldives

4 janvier 2019

Je n'ai pas pris le livre que m'a tendu Lili. Un seul coup d'œil à la couverture m'a permis de deviner qui en est l'auteur. Le titre explicite m'a indiqué que Yann y avait bel et bien dévoilé les circonstances de son éloignement durant toutes ces années. Un passé intolérable que j'ai tenté d'effacer. Désormais, notre fille le connaît. J'en frémis. En proie à un immense bouleversement intérieur, je suis sortie de la chambre sans un mot.

Il y a vingt-six ans, j'ai photographié mon mari et ma mère tendrement enlacés. Ils avaient pris la voiture de Yann, pour se rendre jusqu'au parking de *Trousse-Chemise*. Je les avais suivis discrètement avec ma Volvo. Ensuite, j'avais marché dans le bois derrière eux, à une bonne distance, sur le chemin sablonneux qui mène à la plage. Un très bel endroit, mais où je n'ai jamais pu remettre les pieds par la suite. Ce jour-là, je n'avais pu soutenir longtemps la vision si douloureuse qui s'offrait à mes yeux. J'avais rebroussé chemin, aveuglée par les larmes, me tordant les pieds sur le sentier avec mes nu-pieds à talons compensés.

Aujourd'hui, sur l'île d'Hanimaadhoo, je fuis de la même façon précipitée. Comme si, à nouveau, Yann et ma mère se caressaient des yeux, puis s'embrassaient passionnément devant moi. Je marche le plus vite que je peux. Je ne regarde pas la végétation tropicale aux feuilles vernissées qui dégouline dans l'allée menant à la plage. Ni l'eau transparente du lagon, pourtant si attrayante. Je ne sens pas le soleil ardent qui brûle ma peau. Je n'entends pas les éclats de voix des touristes, sirotant nonchalamment des cocktails sur les transats. Je ne contourne pas les multiples morceaux de corail qui jonchent le sable blanc. Lili m'a mise en garde contre leurs arêtes vives qui blessent les pieds. D'après elle, les éraflures mettent ensuite un temps fou à cicatriser. En ce moment précis, je m'en moque complètement. Tandis que je foule rapidement la grève, le fil de mon histoire se déroule dans mon esprit.

Quand Yann et ma mère sont rentrés de la plage de *Trousse-Chemise*, j'ai jeté toute ma souffrance à leurs visages. Des mots épouvantables sont sortis de ma bouche, comme si je les lançais par poignées. J'ai poussé de véritables rugissements de lionne blessée. Une fontaine de sanglots irrépressibles a coulé sans interruption sur mes joues.

Tous deux n'ont pas nié. Mon mari m'a expliqué qu'ils tentaient d'étouffer cet amour secret depuis des années. Que désormais, ils ne pourraient plus lutter contre. Ce n'était plus possible. Yann s'exprimait avec calme et douceur, mais pour moi, ses paroles ont été d'une indicible cruauté. Elles ont calciné mes derniers espoirs. C'était insoutenable.

Je suis allée me coucher et j'ai dormi vingt-quatre heures d'affilée. Au réveil, j'étais complètement hébétée. Seul un sentiment distinct émergeait, me lacérant le cœur : je ne pouvais absolument pas supporter que mon mari me préfère ma mère, ni qu'elle lui accorde aussi facilement son amour, alors qu'elle ne nous l'avait donné qu'au compte-gouttes, à Rosalie et à moi. En effet, nous avions parfois évoqué avec ma sœur ce manque crucial d'affection maternelle. Nous ne nous souvenions d'aucun câlin partagé avec notre mère durant notre enfance. D'aucune berceuse chantonnée. D'aucun bisou échangé. Dans nos mémoires, ne restait pas un seul vestige de couleur tendre.

Il est des dates qu'on n'oubliera jamais. Ce douze août 1992, j'ai enfilé comme une automate une robe légère et j'ai marché jusqu'à la plage d'Ars. Je me suis longtemps tenue debout face à l'océan, malgré mes jambes flageolantes. J'étais complètement perdue. Au cœur de ma détresse, ma décision est venue d'elle-même. Sans doute était-elle latente depuis ma terrible découverte. En tout cas, à cet instant, je ne pouvais en envisager aucune autre : j'allais rayer d'un grand trait cette histoire impensable entre Yann et ma mère. De manière définitive.

À mon retour à la maison, je leur ai demandé de partir. J'ai dit que je ne voulais plus les voir, ni l'un, ni l'autre. Jamais. Et qu'ils ne s'approchent surtout pas de ma Lili. Sous aucun prétexte.

C'était sans appel. Je crois que tous deux se sentaient tellement coupables envers moi, tellement honteux, qu'au fil des années, ils n'ont jamais osé enfreindre mon interdit. De mon côté, je ne suis pas revenue sur ma résolution. Elle était irrévocable. Tout au fond de moi, la blessure ne s'est jamais complètement refermée. Je suis restée extrêmement mortifiée. Mortellement humiliée.

Pour ne pas avoir à répondre à des questions indiscrètes sur cette situation inavouable, j'ai inventé la version de la disparition de Yann. Ma mère vivant à La Réunion jusque-là, j'étais bien certaine que les gens ne me demanderaient rien à son propos. Mais mon mari disparaissait de son paysage habituel et il me fallait bien en expliquer la cause.

Depuis quelques mois, j'ai beaucoup réfléchi à cette période de ma vie. Je me souviens qu'à l'époque, j'éprouvais une sensation étrange : il me semblait que si je ne disais pas la vérité, elle n'existerait pas vraiment. En fait, je comprends maintenant qu'il s'agissait d'un déni inconscient face à l'inacceptable réalité. Une parade bien dérisoire devant l'évidence.

Au début, je ne voulais pas mentir à ma Lili. Mais la nouvelle de la disparition de Yann s'était rapidement répandue autour de nous. Comment ma fille aurait-elle pu s'y retrouver ? Et puis Lili était si petite. Elle aurait parlé, c'est sûr. Et ça, je ne le voulais à aucun prix.

En dehors des trois intéressés, seule ma sœur Rosalie est au courant des événements. Quelques jours après le supposé « départ volontaire » de Yann, elle m'a invitée à déjeuner chez elle. Encore très fragile, j'ai craqué. Je lui ai tout avoué. Mais je lui ai aussi défendu d'en parler à quiconque. Rosalie a été suffoquée. Consternée par cette relation inconcevable entre Yann et notre mère, qui me niait doublement. Manifestant une empathie immédiate et profonde envers moi, elle m'a enveloppée dans ses bras protecteurs en me murmurant des mots doux à l'oreille. Je me suis naturellement lovée contre elle. Cela m'a rappelé nos chagrins de petites filles. Nous nous transformions instantanément en maman bienveillante quand il s'agissait de consoler l'autre. Ensuite, Rosalie m'a promis qu'elle garderait le secret sans faillir. « Croix de bois, croix de fer, si je mens, je vais en enfer », a-t-elle prononcé doucement. Malgré la situation dramatique, nous avons souri à cette évocation de notre enfance.

Tout en me remémorant mon passé, je suis arrivée au bout de la plage de l'hôtel. Des récifs sombres se découpent contre le ciel devenu nuageux. Hier, j'ai remarqué le joli contraste qu'ils forment avec le sable d'un blanc immaculé. Mais aujourd'hui, égarée dans mes pensées, j'escalade l'un d'eux, sans prêter attention aux fines algues vertes qui le recouvrent entièrement.

Soudain, mes tongs dérapent sur la chevelure végétale glissante. Je perds l'équilibre. Je bascule sur le côté et ma tête heurte violemment le rocher.

6

LILI

Île d'Hanimaadhoo, Maldives

4 janvier 2019

Quand maman a quitté ma chambre, j'ai éprouvé un sombre pressentiment. J'ai tenté de le chasser de mon esprit, mais c'est peine perdue. Il m'obsède. Me taraude. Sans compter que je m'en veux de m'être montrée aussi violente envers elle. Je suis comme ça, moi, quand la colère me submerge. Je fonctionne en mode « cocotte-minute ». J'explose et ça fait mal. Heureusement, ça ne dure jamais. Je me sens vite coupable de mon emportement excessif. Des mots acerbes qui, souvent, ont dépassé ma pensée. Alors, je me repens piteusement.

Shabhaj est reparti travailler au restaurant. J'attrape mon téléphone et tente de me concentrer sur mes mails, mais je n'y parviens pas. J'ai la bouche sèche. La gorge nouée. La poitrine oppressée. Mon instinct me souffle que je devrais aller m'excuser auprès de maman. Au bout d'un moment, je n'y tiens plus. Je me lève et pars à sa recherche. Où peut-elle être allée ? Je réfléchis à toute vitesse. À sa place, je ne me serais pas enfermée entre quatre murs. J'aurais plutôt éprouvé le besoin de respirer un grand bol d'air frais au sein du parc, parmi les arbres démesurés, si apaisants. Ou encore de laver mon âme au bord des vagues cristallines du lagon. Je ne sais pourquoi, comme mus par leur propre intuition, mes pas me conduisent dans cette direction, vers la plage.

Je scrute la longue étendue de sable étincelant. Un employé plie tranquillement les parasols. Sous les Tropiques, on n'est jamais pressé. Ici, à l'instar des touristes, les employés prennent leur temps. Il n'y a plus grand monde sur les transats. Seuls, quelques voyageurs s'y attardent encore, savourant le dernier cocktail de l'après-midi.

Tout au bout de la grève, je discerne une silhouette perchée sur les premiers récifs. Je plisse les yeux afin de mieux distinguer les couleurs des vêtements : tee-shirt pourpre, pantacourt blanc. C'est elle ! Mais j'ai à peine le temps de l'apercevoir debout. Tel un pantin, ses bras moulinent l'air et elle chute lourdement sur un rocher. J'attends trois ou quatre secondes mais elle ne se relève pas.

Affolée, j'enlève mes tongs et je m'élance comme un bolide, pieds nus sur le sable humide, tout au bord des vagues. Il est plus tassé à cet endroit ; j'irai plus vite. Je n'ai jamais couru aussi rapidement de toute ma vie. Arrivée près de maman, le spectacle qui m'attend me glace jusqu'aux os. Ma main sur ma bouche étouffe un cri de panique. Les lèvres serrées, les paupières closes, elle gît, inerte. Des mèches de cheveux en désordre recouvrent ses joues pâles. Aucun souffle ne soulève son tee-shirt ajusté. Je m'agenouille rapidement, colle mon oreille contre son torse pour écouter son cœur. Je ne perçois rien.

Je ne sais combien de temps je demeure ainsi, à guetter la moindre pulsation. Le battement le plus infime. Je suis abasourdie. Je voudrais prodiguer à maman les gestes de premiers secours que j'ai appris dans le cadre de mon métier, mais je suis complètement tétanisée. Je tente de bouger ; mon corps ne me répond plus.

Cependant, mon esprit fonctionne à toute vitesse : maman n'est pas venue jusqu'ici pour y mourir, ce n'est pas possible ! Elle ne peut pas partir maintenant ! Pas avant qu'on se soit réconciliées ! Que j'aie pu lui dire combien je l'aime ! Le reste, tout le reste s'est évaporé. Disparue, l'agressivité accumulée en moi ces derniers jours. Envolée, la monumentale colère. Évanouie, la rancune tenace. Un tsunami intérieur a englouti mes émotions négatives. Plus rien n'a d'importance, à côté de la terreur absolue qui s'est emparée de moi. La plus vertigineuse de toute ma vie. L'unique chose qui compte à cet instant, c'est la vie de maman. MA maman. Car il s'agit de LA SEULE que j'ai et que j'aurai jamais.

C'est à peine si je suis consciente qu'une main ferme éloigne mon visage de la poitrine de maman. « J'ai un brevet de secouriste », m'explique brièvement l'homme qui s'est agenouillé près de moi. « Laissez-moi faire, je vous prie », ajoute-t-il avec un fort accent indien.

L'homme a entrepris un massage cardiaque. Tandis qu'il réalise des compressions thoraciques qu'il alterne avec du bouche-à-bouche, je me mets à prier. Moi qui n'ai été élevée dans aucune religion, je joins mes mains et lève les yeux vers le ciel, voilé par de gros nuages. Je murmure sans m'arrêter, comme si je récitais un mantra bouddhiste : « Qui que vous soyez, vous là-haut qui nous protégez, faites que maman vive... Faites que maman vive... Faites que maman vive... »

Les secondes qui s'écoulent sont les plus longues et les plus angoissantes que j'aie jamais connues. Mon effroi est absolu. Il a envahi tout l'espace. Je n'entends plus rien autour de moi. Seul résonne dans mes oreilles le tambourinement sourd et désordonné de mon cœur.

7

JOURNAL D'OCÉANE

Ars-en-Ré, dimanche 6 janvier 2019

Albane me manque. J'espère qu'elle continue à bien profiter de son séjour aux Maldives. Ce qui m'inquiète, c'est sa maladie qui semble s'aggraver. Je prie afin qu'elle la laisse tranquille durant cette parenthèse enchantée.

De mon côté, j'aurai un gros scoop à apprendre à mon amie. Ce début d'année est pour moi totalement bouleversant. Surtout aujourd'hui. Un six janvier dont je me souviendrai toute ma vie. Angoissant car il remet toute ma vie en question et du coup, je me retrouve un peu désemparée. Je ne sais pas où je vais. Mais également, et c'est le plus important, porteur de renouveau et d'apaisement. Cette journée dessine mon avenir.

Jeudi dernier après le travail, en saisissant l'un de ses pantalons pour le placer dans la machine à laver, j'ai découvert que Rodolphe avait une liaison avec une collègue infirmière. J'avais pris la précaution de plonger ma main dans les poches afin de vérifier qu'elles ne contenaient pas de mouchoir en papier. En effet, il est arrivé à mon mari d'en oublier un ou deux en déposant ses habits dans la panière à linge. Une fois le lavage terminé, le tambour de la machine m'avait délivré sur chaque vêtement de minuscules peluches, que j'avais mis une bonne heure à retirer ! Je ne souhaitais donc pas renouveler l'expérience.

Mes doigts n'ont pas rencontré de Kleenex, mais dans l'une des poches, un morceau de papier plié en quatre. Les mots étaient un peu effacés. Cependant, j'ai réussi à déchiffrer le message : J'ai adoré notre week-end à Paris. Je suis à toi quand tu veux. Ta Chatounette, Laurine

Rodolphe m'a déjà parlé de cette Laurine. C'est une infirmière du service des soins intensifs. Toute jeune et très jolie, d'après lui. J'ai réalisé avec aigreur que le week-end en question était celui où mon mari était censé accompagner son ami Florian pour assister à un match de rugby dans la capitale.

Quand Rodolphe est rentré, j'ai brandi le bout de papier sous son nez. Il n'a pas nié. N'a pas tenté de m'arracher des doigts cette preuve. N'a même pas paru honteux devant les faits. Ni troublé par sa négligence. « J'ai bien le droit d'avoir ma vie privée », a-t-il seulement remarqué avant de s'affaler devant la télé. J'en suis restée bouche bée.

Depuis ce soir-là, j'ai beaucoup réfléchi. Après un court épisode d'amour-propre bafoué, il m'est apparu que cette liaison extraconjugale était peut-être une chance pour moi. Celle de mettre fin à ma relation avec mon mari, devenue progressivement malsaine. Grâce à Albane, j'ai pris conscience qu'avec lui, je m'étais bercée d'illusions. J'ai longtemps cru qu'il finirait par changer. Que l'amour était là malgré tout et qu'il triompherait. Mais maintenant, je sais que je n'aime plus Rodolphe. Ses sarcasmes permanents et son ironie mordante ont lentement et sûrement sapé ma confiance en lui. Je crois que je mérite mieux que cette violence psychologique endurée au quotidien. Sans Albane, je n'aurais pas compris que j'étais sous l'emprise toxique d'un manipulateur. Je peux même employer les termes de « pervers narcissique », car j'ai lu récemment des articles à ce sujet et ils correspondent parfaitement à Rodolphe. Ils expliquent en détails que dans son enfance, ce genre de personne s'est construit une bulle autour d'elle pour se protéger de violences ou de traumatismes familiaux. Ce qui la coupe ensuite de ses émotions et de son empathie. J'y ai reconnu l'ego démesuré de mon mari. Son besoin de dénigrer l'autre pour se mettre lui-même en valeur. Celui de séduire, d'être au centre de l'attention. De plus, Rodolphe a bel et bien œuvré afin de m'isoler des miens. Il pouvait ainsi mieux régner en maître dans notre foyer. Complètement démunie, j'avais fini par perdre toute estime de moi-même. Je me jugeais aussi nulle et empotée que mon mari me le laissait entendre.

Quand mon amie rentrera de voyage, je la remercierai très sincèrement d'avoir semé en moi les graines d'une profonde prise de conscience. Je pense qu'à son retour, Albane sera heureuse de constater mon nouvel état d'esprit. Et d'apprendre les événements qui se sont déroulés ces derniers jours. Il n'y a pas d'âge pour reprendre confiance en soi.

Vendredi soir, une fois les enfants couchés, j'ai remis le sujet sur la table et obligé Rodolphe à regarder les choses en face, en exigeant une discussion franche. J'ai évoqué le divorce. En général, mon mari est très fort en fanfaronnade, mais pour une fois, il ne l'a pas ramenée.

« *Es-tu sûre que c'est vraiment ce que tu souhaites ?* »
*m'a-t-il demandé de la voix chaude et enjôleuse qu'il prend
lorsqu'il veut m'amadouer. De toute évidence, il pensait
qu'il pouvait me faire changer rapidement d'avis. Que je
n'étais pas assez courageuse pour demeurer ferme dans une
décision, quelle qu'elle soit. Et d'autant plus devant la
gravité de celle-ci. Mais je n'ai pas baissé les yeux devant
lui, contrairement à d'habitude. Au contraire, j'ai soutenu
bravement son regard. Face à cette nouvelle attitude de ma
part, il a paru étonné et légèrement anxieux. Cependant, cela
n'a pas duré. Au bout d'un moment, il s'est repris. Il a
haussé les épaules et a enchaîné avec nonchalance :* « *Tu as
tort, mais comme tu veux. Laurine ne fera pas la fine
bouche, elle.* » *Bien sûr, j'aurais dû m'en douter. Il
s'arrange toujours pour retomber sur ses pattes. Retourner
la situation à son avantage et avoir le dernier mot.*

*Désormais, je sais que j'ai réellement pris mon destin en
mains. Je commence des études qui me mèneront vers un
métier que j'ai toujours désiré pratiquer. L'optimisme a
refleuri dans mon cœur et je m'accroche de toutes mes forces
à ce nouvel objectif. En attendant de pouvoir m'installer à
mon compte, j'ai ma petite idée concernant l'avenir proche.
J'aurai besoin de l'aide de ma sœur et de mes parents, mais
je les connais bien tous les trois : comme moi, ils souffrent de
notre éloignement des derniers temps. Aussi, je n'ai aucun
doute. Ils seront si heureux d'être davantage présents auprès
de moi et des enfants.*

*Aujourd'hui, j'ai compris que mon désir de rupture
arrangeait bien Rodolphe, finalement. Ce matin au petit-*

déjeuner, entre deux tartines au beurre à la fleur de sel de l'île, il a lâché comme si de rien n'était : « *Avec Laurine, on a décidé de vivre ensemble. Je vais aller habiter chez elle, ce sera mieux pour tout le monde.* »

En début d'après-midi, il a attrapé la grande valise bleue et a jeté quelques affaires dedans. Il m'a dit qu'il reviendrait chercher le reste la semaine prochaine. Avant de partir, il a quand même pris le temps d'expliquer aux enfants qu'il s'en allait loger ailleurs parce que lui et moi ne nous aimions plus. Il leur a promis de venir les chercher le week-end prochain. Il les amènera à l'aquarium de La Rochelle et manger au Mac Do. À cette idée, Isao, qui s'apprêtait à pleurer, a retrouvé le sourire. Quant à Juju, elle n'a rien dit mais son regard a croisé le mien. J'y ai lu un grand point d'interrogation, mais aussi un indéniable soulagement. En même temps que le mien, son calvaire va prendre fin.

Après le départ de Rodolphe, j'ai demandé aux enfants de venir me rejoindre sur le canapé. Ils se sont assis côte à côte. Alors, je me suis levée et me suis réinstallée au milieu, afin de pouvoir envelopper de mes bras les épaules frêles de Juju ainsi que celles, plus potelées, d'Isao. J'ai serré affectueusement mes petits contre moi. Nous nous sommes fait de gros câlins. Ensuite, j'ai répondu de mon mieux à leurs questions qui fusaient, comme s'ils les avaient longtemps retenues. Surtout celles de Juju, consciente depuis longtemps que quelque chose clochait dans cette famille.

Un peu plus tard, j'ai mis sur la chaîne Hi-Fi un CD d'Anne Sylvestre que mes deux amours adorent. J'ai préparé trois grands bols de chocolat chaud accompagnés des savoureuses madeleines que j'avais confectionnées le matin même. Nous avons dégusté le goûter ensemble dans la cuisine.

Je n'aurais jamais cru que les choses pourraient aller si vite. Il y a tout juste deux jours que j'ai osé prononcer le mot « divorce » devant Rodolphe.

8

LILI

Île d'Hanimaadhoo, Maldives

10 janvier 2019

Dehors, une pluie diluvienne s'abat sur le parc de l'hôtel. Nous sommes en saison sèche, déterminée par la mousson du nord-est, nommée ici l'*iruwai*. Les précipitations sont donc moins abondantes depuis fin novembre. Cependant, il pleut tout de même un peu toute l'année. C'est pourquoi chaque chambre de l'hôtel possède son propre parapluie, d'un coloris jaune sable et très ample, deux personnes pouvant ainsi l'utiliser en même temps.

Dès hier, la météo avait annoncé les lourds nuages orageux se déversant ce matin sur la végétation luxuriante. Les averses sont toujours des spectacles impressionnants sous les Tropiques. Au début de ma nouvelle vie aux Maldives, j'adorais assister à leur apparition fulgurante. Surtout aux mois de juin et juillet. J'aimais lever la tête vers la pluie tiède − ne durant jamais très longtemps −, qui transporte de subtils parfums de fleurs. Observer les palmes frangées des cocotiers et des bananiers se livrer à une danse sauvage sous les fortes rafales de pluie et les bourrasques de vent. Écouter le crépitement des grosses gouttes sur les larges feuilles des plantes exotiques.

Mais j'y suis habituée maintenant et je préfère rester bien à l'abri dans le local du centre de plongée, à me documenter en bouquinant des livres spécialisés sur la faune et la flore marines dans cette région du globe. D'autant plus que dans ce cas, les sorties prévues en mer sont évidemment reportées.

Puisqu'il n'y a personne d'autre que moi dans le local, j'ai pris le temps de me préparer un bon café noir allongé, relevé d'une goutte de miel, comme je l'aime. Je le sirote tranquillement, tout en songeant aux derniers événements.

Cela fait maintenant six jours que cette chute terrifiante sur les rochers a eu lieu. Vendredi dernier, près de maman inerte, je n'ai émergé de mon effarement qu'en percevant un énorme soupir. Il provenait de l'homme qui tentait de la réanimer. « Le cœur de votre mère est reparti », m'a-t-il dit. « Je ne vous cache pas que ce n'était pas gagné d'avance. Elle a fait un arrêt cardiaque qui a duré plusieurs minutes. On peut affirmer sans se tromper qu'elle était en état de mort clinique. »

Je me suis doucement penchée sur le visage de maman. J'ai effleuré le velouté de ses joues pâles avec mes lèvres. La finesse de ses paupières où courent de minuscules veines bleues. Quand elle les a enfin soulevées et m'a aperçue, j'ai lu un tel amour dans ses yeux que mon cœur s'est mis à fondre. À la plus terrible des angoisses a succédé un gigantesque soulagement. Alors, quand maman a murmuré d'une voix un peu rauque : « Pardon pour le mal que je t'ai fait », je l'ai serrée dans mes bras et l'ai rassurée en mêlant mes larmes aux siennes : « Écoute maman, tout ça, c'est du passé. On va le laisser derrière nous, d'accord ? L'important, c'est que nous soyons vivantes, toi et moi. Rien d'autre ne compte vraiment. J'ai bien cru te perdre et crois-moi, j'ai touché cette vérité du doigt. Pour commencer, on a encore deux semaines fantastiques devant nous. Dans l'un des plus beaux endroits du monde. »

Je me suis ensuite jetée au cou de notre sauveteur. Nous avons pleuré à chaudes larmes tous les trois.

Le fait que maman revienne à la vie après son arrêt cardiaque était miraculeux et ma famille a abondamment remercié notre sauveur, que j'appelle désormais « l'Indien ». Il se prénomme en réalité Mohammad. Cela lui va comme un gant, puisque cela signifie : « digne de louanges ». Cet homme serviable et érudit est effectivement originaire de l'Inde, où il est enseignant. Il vit à Jaipur, la capitale de l'État du Rajasthan, au nord-est du pays. Il y a fondé un centre d'accueil pour des enfants issus de quartiers défavorisés, au sein duquel il exerce sa profession. Très investi dans sa tâche, il s'est formé aux premiers secours afin de garantir la sécurité de ses petits protégés. C'est une chance inouïe pour ma famille.

Le lendemain de l'accident de maman était heureusement mon jour de congé. Quand Mohammad est venu aux nouvelles vers dix heures du matin, nous entourions affectueusement la rescapée, tous réunis dans la chambre qu'elle occupe avec Baptiste. Bercés par une douce brise tiède, nous nous sommes installés sur leur terrasse, tellement plus spacieuse que la mienne. Ce sont inévitablement les touristes qui ont droit au plus grand confort. Tout d'abord, nous avons évoqué à nouveau le drame de la veille au soir qui aurait pu si mal tourner. Au bout de quelques minutes, maman a demandé la parole et contre toute attente, elle s'est mise à nous livrer un récit tellement incroyable que ses mots se sont gravés en moi de façon indélébile.

Pendant qu'au bout de la plage, j'étais en proie au plus effroyable affolement que j'aie jamais connu, maman vivait une expérience ineffable. Elle l'a racontée d'un air tout à fait naturel, comme s'il n'y avait rien d'étonnant dans ses propos.

−Tandis que vous vous occupiez de moi, a-t-elle expliqué paisiblement en anglais en se tournant vers son sauveur, je me suis détachée de mon corps. Je planais au-dessus de vous et vous voyais parfaitement, Lili et vous. Je peux d'ailleurs affirmer que vous avez un gros grain de beauté sur la nuque, caché sous vos longs cheveux, mais que j'ai aperçu à plusieurs reprises.

− Ça alors, vous avez raison ! » s'est-il exclamé,

éberlué. Il a soulevé sa queue de cheval grisonnante mais fournie, dévoilant le nævus en question.

Baptiste n'ayant pas tout suivi dans cette langue qu'il ne maîtrise pas, Gaëtan lui a expliqué ce qu'il en était. Puis, suspendus aux lèvres de maman, nous avons attendu impatiemment la suite. Médusés par cet étrange préambule.

« J'avais conscience d'être morte, a poursuivi maman, en français cette fois, en s'adressant à sa famille. Pourtant, j'étais très calme. Un sentiment d'une plénitude absolue m'avait envahie. Au bout d'un moment, j'ai quitté la plage. Je me suis retrouvée comme aspirée par une sorte de tunnel. C'était sombre mais ma confiance était totale. Je me sentais en parfaite sécurité. Je progressais vite, vers une lumière blanche d'une extrême douceur et d'une indicible beauté qui m'attirait comme un aimant. Lorsque je suis arrivée à destination, je me suis sentie enveloppée d'un tel amour que je ne saurais pas vous le décrire. Ce que j'ai ressenti est au-delà des mots. Il émanait de cette lumière une pureté infinie. Une acceptation inconditionnelle de l'être que je suis. »

Dans le regard clair de maman brillait un éclat d'une telle profondeur et d'une telle sérénité que j'en ai été saisie. Elle a continué ses révélations. « C'est alors que j'ai aperçu mon père. Souriant, il se tenait à côté de moi. Il m'a dit que je m'étais trompée. Que ma mère m'aimait à sa façon, mais qu'elle m'aimait. Que je ne devais pas lui en vouloir. Ni à Yann. Que leur destin devait s'accomplir ainsi. Il a ajouté que si je le voulais, je pouvais rester auprès de lui et ne pas réintégrer mon corps. »

Maman s'est interrompue pour essuyer les perles transparentes qui coulaient sans interruption de ses yeux, tant elle était émue. Elle s'est levée du pouf sur laquelle elle était assise et est venue me prendre dans ses bras. « J'étais si bien là-bas, si tu savais. J'aurais vraiment aimé demeurer dans cet endroit extraordinaire. J'ai hésité, mais j'ai pensé à toi, ma Lili » a-t-elle murmuré. « Et à toi aussi, Gaëtan », a-t-elle enchaîné en reproduisant la même scène auprès de mon frère. « Je me suis dit que je n'avais pas le droit de rendre mes enfants malheureux. Ni l'homme de ma vie », a-t-elle conclu en se rapprochant de Baptiste qu'elle a embrassé avec tendresse.

Shahbaj et Mohammad n'avaient forcément rien compris aux paroles de maman, mais j'ai vu sur leurs visages que notre émotion était contagieuse. Ils semblaient aussi chamboulés que nous.

Après le témoignage sidérant de maman, je me suis renseignée sur Internet. J'ai appris qu'elle avait vécu ce que l'on appelle une EMI ou Expérience de Mort Imminente. J'ai été ébahie de découvrir que de nombreuses études ont été faites sur le sujet. Des millions de gens à travers le monde relatent avoir connu ce genre d'expérience surnaturelle lors d'un état de mort clinique. Quelle que soit leur âge. Leur pays d'origine. Leur appartenance à une religion ou pas. Leur culture. Et le plus étonnant, c'est qu'elles décrivent les mêmes phases, à peu de choses près. Souvent, revient dans les propos une sortie du corps physique et la sensation de flotter au-dessus, tout en étant conscient des tentatives de réanimation des secours ou d'une équipe médicale. En tant que témoin direct de la scène, la personne en arrêt cardiaque sera capable par la suite de décrire la situation avec une grande précision, alors que ses yeux sont restés fermés durant tout ce temps. On retrouve également un tunnel obscur dans lequel elle est emportée à une vitesse folle. Tout au bout, elle est accueillie par une lumière blanche extrêmement brillante mais qui ne l'éblouit pas. Une essence pure d'une sagesse parfaite, débordant de compassion et d'amour. Des proches, toujours décédés, sont rencontrés lors des EMI. Il s'agit de retrouvailles douces et joyeuses. Parfois, comme dans le cas de maman, ce sont eux qui proposent à la personne le choix de rester de ce côté du voile ou celui de revenir à la vie. Quoiqu'il en soit, tous les témoins énoncent avoir éprouvé un sentiment de liberté suprême tout au long de l'expérience. De confiance absolue. De paix profonde et inexprimable.

Peu après, j'ai partagé mes nouvelles connaissances avec Shahbaj. Bien qu'il n'ait que vingt-trois ans, mon compagnon possède une stupéfiante maturité. J'en suis très admirative. Et je dois avouer que cette fois, ses paroles m'ont littéralement clouée.

– Tu sais combien j'ai un esprit rationnel, en tant que scientifique, ai-je sincèrement exprimé. J'ai du mal à croire à l'au-delà, aux anges et autres entités. Mais je ne peux nier que ce qu'elle a vécu a transformé maman en profondeur. Depuis, elle n'est plus la même. Et tu sais quoi ? Je crois que sa « rencontre » avec Louis, son père, l'a énormément impactée. Tu te rends compte, elle m'a laissé entendre qu'elle n'en voulait plus à mon père ! L'amélioration de sa relation avec sa mère s'avère plus difficile car les soucis remontent à son enfance. Mais j'ai bon espoir que nous ayons enfin des rapports plus apaisés, dans cette famille. D'ailleurs, la glissade de maman et tout ce qui en a découlé m'a permis d'évoluer à grands pas, moi aussi. Je songe à recontacter bientôt papa.

−Waouh, bravo ma princesse ! m'a-t-il félicitée en déposant un baiser tout doux dans mon cou.

Puis il a enchaîné avec sérieux :

−Je suis entièrement d'accord avec toi, Albane a changé. Je la trouve plus vive, plus sûre d'elle. Plus apte à vivre de son mieux l'instant présent, malgré sa maladie. Elle m'a confié ne plus avoir du tout peur de la mort. Désormais, elle parait convaincue qu'il existe une réalité spirituelle parallèle à la vie terrestre, qu'elle ne soupçonnait pas. D'autre part, son regard est constamment éclairé par une lueur de bienveillance et d'empathie que je n'avais pas remarquée auparavant. En revanche, Lili, je ne partage pas ta vision « scientifique » des EMI. D'ailleurs, tu emploies le terme d'EMI en français ; moi je parle de NDE en anglais, autrement dit : Near Death Experience. Nous n'en avions jamais discuté ensemble, mais je connaissais déjà ce phénomène. Au Bangladesh, mon oncle Ismail a vécu une NDE. Il me l'a raconté quand j'habitais chez lui à Chittagong. C'était lors d'une lourde opération cardiaque subie à l'hôpital de cette ville, la deuxième du pays. Les médecins ont enregistré son arrêt cardiaque et son absence d'activité cérébrale. Ils pensaient ne pas pouvoir le sauver, mais il s'en est sorti par miracle. Eh bien figure-toi que ce qu'il dépeint est à peu près similaire à ce qu'a formulé Albane. Le tunnel. La lumière blanche. Le contact avec les défunts − dans son cas, sa mère et sa sœur aînée. Sauf que mon oncle n'a pas eu la sensation de sortir de son corps, mais il a revu très clairement défiler en un instant toutes les situations importantes de son existence terrestre. Il parait que c'était hallucinant. Très vivant. Très réaliste. Une sorte de vision panoramique qui englobait sa vie entière et où il a retrouvé des souvenirs qu'il avait complètement oubliés.

Alors tu vois, la continuité de la conscience après la mort, moi j'y crois. C'est ce que l'on nomme également l'*âme*.

9

ALBANE

Ars-en-Ré

15 février 2019

– Viens par-là, toi !

D'un geste précis et extrêmement délicat, Rosalie incite la chienne à se déplacer légèrement. Elle continue le doux massage prénatal qu'elle a entrepris il y a quelques minutes. Un peu inquiète, je m'enquiers :

– Ce n'est pas douloureux pour elle ?

Ma sœur sourit.

– Non, regarde, elle apprécie.

En effet, la chienne ferme à demi les yeux. Elle semble apaisée. Rosalie m'explique alors qu'en fin de gestation, ces massages sont un plus. Ils permettent à l'animal de garder la peau et les muscles bien souples, tout en favorisant sa détente et améliorant son sommeil.

Le refuge *Donnez-nous votre amour* a recueilli depuis plusieurs semaines ce bel épagneul breton, abandonné sur une aire d'autoroute. Ma sœur a immédiatement identifié une femelle qui attendait des petits. Elle l'a nommée Vico. Dès son arrivée, cette chienne respirant l'intelligence et débordante d'affection est devenue la mascotte des bénévoles. Ceux-ci s'arrêtent souvent devant son enclos, aménagé avec soin pour l'arrivée prochaine des chiots. S'adressent à elle sur un ton bienveillant. La caressent à la première occasion. La ration alimentaire de Vico ayant été fractionnée en plusieurs petits repas, ils se font un plaisir de la chouchouter en lui apportant régulièrement des croquettes énergétiques et très digestibles, adaptées à sa situation. La jardinerie la plus proche les offre gracieusement aux chiennes gestantes. Il faut dire que le refuge animalier représente pour elle un client de choix !

J'observe Vico, abandonnée aux soins experts de Rosalie. Sa jolie robe fauve et blanche, bien brossée. Son ventre proéminent. Ses tétines tendues et gonflées. « Chez un épagneul breton, la gestation dure soixante-trois jours », précise ma sœur. « Eh bien Vico ne va pas tarder à mettre bas. Elle mange moins depuis avant-hier, c'est un signe. » Comme si la chienne approuvait, elle émet un petit aboiement de satisfaction, en ouvrant grand ses yeux obliques de couleur ambre foncé, particulièrement expressifs. Je songe alors à Justine, la fille d'Océane. Avec l'accord de Rosalie, mon amie a décidé de réserver un chiot pour l'anniversaire de la fillette. Maintenant qu'Océane et son conjoint sont séparés, il n'y a plus d'obstacle à ce que Justine adopte un chiot. Cette magnifique surprise représentera également un engagement très fort, à l'aube de la nouvelle vie qui se profile pour elles et le petit Isao.

Depuis mon retour des Maldives, Océane est venue faire le ménage plusieurs fois à la maison. Dans le cadre de sa formation de « psychopraticienne en relation d'aide », elle s'est créé un espace personnel sur mon ordinateur. Elle a commencé à y recevoir des vidéos.

– Je ne peux pas me permettre de m'acheter un PC maintenant, m'a-t-elle avoué. Et je n'ai pas accès à Internet avec mon petit forfait de téléphone. Rodolphe ne m'a toujours pas donné d'argent pour les enfants, alors j'attends le jugement de divorce. Il sera bien obligé de me verser une pension alimentaire.

– Pas de souci, lui ai-je répondu. On avait dit que tu pourrais utiliser le mien. Je peux même te le prêter en attendant que tu retournes vivre à Saint-Jean-de-Luz. J'emprunterai celui de Baptiste si j'en ai besoin.

En effet, devant un chocolat chaud dans notre bar favori, Océane m'a confié son nouveau projet de vie. Dernièrement, elle a recontacté sa sœur et ses parents et a discuté longuement avec eux. Avec franchise, elle a expliqué combien elle était jusque-là sous l'emprise de son époux, persuadée que ses reproches permanents étaient justifiés. Elle a avoué s'être sentie complètement perdue tout au fond d'elle-même. Tous trois n'ont pas été surpris. Ils avaient compris qu'au fil du temps, Rodolphe semait les graines d'un profond manque d'estime de soi dans l'esprit de sa femme. Ils étaient également conscients qu'il l'isolait de plus en plus de sa famille. Mais que pouvaient-ils faire ? Océane ne voulait rien entendre lors de ses rares appels téléphoniques, donnant toujours raison à son mari. Ils ont été atterrés de savoir que ce dernier s'en prenait aussi à Justine. Et ravis de connaître mon existence. « Ma relation d'amitié avec Albane m'a sauvée, en faisant naître en moi une intense prise de conscience », leur a expliqué Océane. « Cela me conforte d'ailleurs dans mon objectif de reconversion professionnelle. En l'expérimentant, je sais maintenant parfaitement combien l'aide d'une personne bienveillante peut être cruciale, au cœur d'un chemin de vie chaotique. »

Sa sœur Séréna est propriétaire d'une grande maison, achetée il y a quelques années avec son mari, Sébastien. Elle la souhaitait emplie de sa tendresse de future maman. Inondée de rires d'enfants résonnant entre les murs, de galopades joyeuses et effrénées. Gorgée d'amour et de vie.

Mais le destin en a décidé autrement. Sébastien et elle n'ont pas pu concevoir d'enfants. Le beau-frère d'Océane est parti rejoindre les étoiles beaucoup trop jeune, après un cancer foudroyant. Exactement comme Christelle, ma grande amie et première femme de Baptiste. Séréna a conservé la maison. L'idée d'Océane était de demander à sa sœur si elle pouvait les accueillir quelque temps, Justine, Isao et elle.

– Juste le temps de trouver un petit loyer, compatible avec les revenus modestes que génèrera mon chômage, m'a exposé Océane. Car je ne souhaite pas continuer mon activité d'aide ménagère à Saint-Jean-de-Luz, mais me consacrer entièrement à mes études, pour me donner le maximum de chances de réussite.

– Ta sœur est d'accord pour accueillir aussi le futur chiot de Justine ? ai-je questionné, en buvant à petites gorgées mon chocolat onctueux.

Mon amie a secoué la tête en riant, dénouant ainsi le chignon qui emprisonnait ses cheveux bouclés. J'ai remarqué qu'ils étaient plus courts qu'avant ; cela lui va bien. Ils se sont répandus sur ses épaules en gracieuses ondulations.

– En fait, Séréna est enchantée, a-t-elle affirmé. Elle adore les animaux et a déjà deux chiens chez elle. J'espère seulement qu'ils s'entendront tous bien.

Elle a poursuivi en me rapportant les paroles de sa sœur : « Avec la présence de Juju et Isao dans la maison, ce sera un peu comme si mon ancien rêve se réalisait. Vous pourrez rester jusqu'à ce que ta nouvelle profession te permette de vivre confortablement avec mes neveux ! » Océane a alors demandé à Séréna si elle était sûre d'elle. Éclatant de rire de rire au téléphone, sa sœur lui a répondu : « Évidemment, ma sœurette ! Tu ne crois pas que nous avons beaucoup de temps à rattraper, toi et moi ? »

Quant à ses parents, Océane m'a appris qu'ils habitent près de chez sa sœur. Ils se sont montrés ravis de pouvoir s'occuper bientôt de leurs petits-enfants. Tandis qu'elle évoquait ces retrouvailles familiales, le beau regard pailleté d'or d'Océane pétillait de joie.

Dans sa robe de velours bleu saphir remplaçant les jeans et pulls un peu lâches avec lesquels elle s'habillait l'an dernier, j'ai trouvé mon amie resplendissante. Elle rayonnait de bonheur, tel un soleil tout neuf.

Avant de quitter le bar, mon amie m'a retenue par le bras et a prononcé ces mots, qui me montrent combien elle a évolué en quelques semaines : « Tu sais, Albane, je nettoie peut-être ta maison, mais toi aussi, tu m'as aidée à faire le ménage. Dans ma tête. Aujourd'hui, je n'ai plus peur de la réalité. Et c'est parce que j'ose l'affronter que je découvre des forces en moi. En vérité, chacun a des ressources. Mais j'ai compris qu'il fallait avoir suffisamment confiance en soi pour pouvoir les mettre en œuvre et agir dans le bon sens. »

Rosalie a fini de masser Vico. Elle se relève en s'étirant.

– Laissons-la tranquille maintenant. Elle a besoin de se reposer. Et viens, j'ai quelque chose pour toi.

Nous marchons en silence vers l'accueil du refuge. Près de moi, ma sœur a ralenti son rythme pour s'adapter au mien. Je me remémore son immense surprise à mon retour des Maldives, quand je lui ai révélé que notre mère et Yann résidaient sur une île de cet archipel. Et, chose encore plus ahurissante, que Lili avait réussi à les retrouver. Après un long moment de stupéfaction, Rosalie a haussé les épaules. Elle a observé : « Je n'imaginais vraiment pas qu'ils étaient partis vivre dans un endroit paradisiaque, mais c'est logique après tout. Yann peut y pratiquer sa passion de la plongée sous-marine et maman y vit un rêve éveillé. » Depuis, nous n'avons plus reparlé d'eux.

Une fois arrivée dans son bureau, ma sœur ouvre en grand son sac à main en cuir et en sort un livre de poche qu'elle me tend.

– Tiens, je suis parvenue à remettre la main dessus dans ma bibliothèque.

L'ouvrage s'intitule *La Vie après la vie* et est signé Docteur Raymond Moody.

– Ce médecin américain a recueilli pendant plus de vingt ans des témoignages de personnes ayant vécu une EMI comme toi, énonce-t-elle. Tu y trouveras beaucoup de similitudes avec ton ressenti.

Rosalie me sourit avec complicité. Je sais pertinemment qu'elle a toujours été fascinée par le paranormal. Déjà adolescente, elle parlait avec passion des phénomènes inexpliqués par la science : télépathie, apparitions, OVNI... Aussi ne suis-je pas étonnée qu'elle possède ce livre. Je la remercie et la serre tendrement contre moi. Puis, me voyant fatiguée, elle m'offre de m'asseoir dans son fauteuil, au siège confortable et à l'appuie-tête intégré. Émue, je laisse venir les mots qui se bousculent au bord de mes lèvres :

– Je comptais justement me procurer cet ouvrage. Tu sais, mon expérience dans l'au-delà a coloré ma vie d'une teinte différente. L'amour illimité que j'ai touché du doigt m'a bouleversée. Ainsi que ce sentiment de pureté et de paix infinies que rien ne vient entacher. Au fond de mon âme, je reste reliée au souvenir de la divine lumière qui m'a si merveilleusement enveloppée. T'ai-je dit que j'avais également ressenti une connexion parfaite avec l'Univers ? Là-bas, tout avait un sens. Je savais exactement pourquoi j'étais née. J'ai compris que ma mission sur la Terre était de grandir spirituellement et d'aider les miens à être heureux. Désormais, je crois fermement au destin.

Je me sens emportée par un flot impétueux de paroles. C'est à peine si je reprends mon souffle avant de continuer.

– Tu vois, j'ai réalisé que j'ai la grande chance d'avoir rencontré l'homme de ma vie : mon Baptiste. D'ailleurs, Yann ne vient plus hanter mes pensées, comme avant de partir aux Maldives. Peut-être avais-je pressenti que Lili était à sa recherche, qui sait ? Quoiqu'il en soit, Yann appartient désormais au passé et je ne lui en veux plus. Dans le même ordre d'idées, ce que m'a dit papa m'a extrêmement touchée. Je pense qu'il me faudra du temps, mais je devrais réussir à pardonner à maman.

Rosalie me tend une main afin de m'aider à me lever et elle m'étreint très fort à son tour.

– Tu as raison, Albane. Le passé t'a fait assez de mal comme ça. Considère ta vie telle qu'elle est aujourd'hui. Vois combien tes enfants et Baptiste t'aiment. Et n'oublie jamais que tu as une sœur qui t'adore.

ÉPILOGUE

Un an après...

ALBANE

L'année 2019, commencée sous les Tropiques, s'est avérée très riche en événements. Pour moi et pour mes proches. Il y a eu du bon et du moins bon, comme toujours dans la vie.

Ma maladie semble s'être stabilisée. Mon traitement, régulièrement adapté par mon neurologue, fonctionne bien. Je parviens encore à dessiner. Je mets plus de temps qu'avant car mes doigts se sont enraidis, mais je prends toujours énormément de plaisir à reproduire au fusain les visages de mes proches. D'autant plus que notre famille s'est agrandie en fin d'année.

« Coucou, c'est qui ? » formule une voix enjouée, tandis que deux mains fraîches viennent se plaquer sur mes yeux. Une joie vive inonde mon cœur. En juin dernier, Lili nous a fait la surprise de débarquer à la maison. Elle n'était pas seule. Shahbaj l'accompagnait, ainsi qu'un joli petit ventre arrondi, laissant deviner le plus beau des cadeaux qu'elle pouvait m'offrir. « Le bébé devrait arriver vers la mi-novembre. Si c'est un garçon, nous avons décidé de l'appeler Yannick. D'une part, j'adore ce prénom et d'autre part, papa sera tout à fait certain que je lui ai pardonné » a spécifié ma fille, un sourire radieux illuminant ses traits réguliers. Puis elle a ajouté : « Mon fils n'aura pas à affronter de secret de famille, ouf ! »

Bien qu'elle ait adoré son travail aux Maldives, elle a donné sa démission auprès de son employeur à l'hôtel d'Hanimaadhoo. « J'ai compris que l'important, pour moi, était ici, près de vous » nous a-t-elle confié. Je sais que ma chute spectaculaire aux Maldives et la terreur éprouvée par ma fille à l'idée de me perdre aussi brutalement n'est pas étrangère à sa décision.

Lili garde contact avec son père via WhatsApp. Ils s'envoient des photos et des vidéos. Sur celles de Yann qu'elle me montre, apparaît souvent ma mère. Je ne ressens plus la gigantesque colère qui m'accompagnait quand je songeais à elle. Je commence à envisager de pouvoir lui reparler un jour.

Notre petit ange est arrivé un peu en avance, le soir du deux novembre. Yannick est maintenant un bébé de trois mois. Calme. Joyeux. Sans complication. Je ne pensais pas connaître aussi rapidement le bonheur de devenir grand-mère. Une mamie comblée, puisque Lili vit désormais sur l'île de Ré, avec Shahbaj et leur fils. Baptiste et moi avons aidé le jeune couple à financer la location d'un petit appartement, à Saint-Martin-de-Ré.

Mais comme l'existence n'est pas un long fleuve tranquille, Baptiste a eu un accident sur son bateau, il y a trois semaines. Depuis quelques mois, mon homme se montrait préoccupé par les conditions de plus en plus difficiles de son métier. En 2019 en Europe, seuls douze pour cent des stocks de poissons ont été exploités durablement. L'une des conséquences de la pêche intensive est malheureusement de faire disparaître les petites structures. Sur l'île de Ré, Baptiste et Gaëtan figurent parmi les derniers marins pêcheurs qui perpétuent la tradition.

Un matin, soucieux et distrait, mon homme a glissé sur le pont humide. Il s'est cassé le tibia et le péroné. La double fracture étant ouverte, il a dû être opéré en urgence. On lui a fixé une plaque interne. Comme sa profession est très physique, le médecin lui a prescrit un arrêt de travail de quatre mois. Notre fils part donc seul pêcher au Nord de l'île dans le pertuis Breton, selon leur habitude. Baptiste ne décolère pas.

D'ordinaire si actif, mon homme a énormément de mal à rester immobilisé à la maison. Contrairement à moi, il n'aime pas s'évader dans des récits fictifs. Il lit simplement le journal local. Alors, avec tout le temps libre dont il dispose malgré lui, il s'est mis à suivre de près les actualités, à la radio et à la télévision. En ce début d'année 2020, on commence à entendre parler d'un virus apparu en Chine, aux abords du marché de Wuhan, nommé SARS-CoV-2. Il appartient à la famille des coronavirus. Depuis le vingt-trois janvier, le gouvernement chinois a déjà placé trois villes en quarantaine. La situation semble très alarmante. Écouter les infos en boucle n'aide pas vraiment

Baptiste à demeurer serein. Il ronchonne en permanence, ce qui me tape sérieusement sur les nerfs.

Je m'inquiète aussi pour Rosalie. Elle doit subir une grosse intervention chirurgicale, consistant en l'ablation d'une partie du rectum. Afin de faciliter la cicatrisation, on lui posera un anus artificiel temporaire.

– Je me demande bien comment ma sœur va affronter cette situation difficile, ai-je avoué, tourmentée, à Baptiste.

– Ça ne sert à rien de faire des suppositions, a-t-il remarqué avec justesse. Rosalie est courageuse, fais-lui confiance. Et puis nous sommes tous là pour l'entourer.

Il a raison. Rosalie a d'ailleurs anticipé en contactant Marie, une ancienne collègue de la SPA de La Rochelle, où elle a débuté son parcours professionnel. Marie la remplacera durant son absence et gérera les tâches administratives. Ma sœur n'ayant jamais connu de sérieux problèmes de santé jusqu'ici, elle a réalisé brusquement combien l'équilibre naturel de son corps pouvait se révéler fragile et précaire. La maladie n'arrive pas qu'aux autres. C'est pourquoi elle a décidé qu'après sa convalescence, elle engagerait un employé qu'elle formerait elle-même. Elle a proposé le poste à Shahbaj.

En effet, le jeune papa, ne souhaitant pas retrouver un job dans la restauration, s'est découvert une passion pour les boules de poils du refuge. Pour l'instant, il est en attente de sa carte de séjour. Il en profite pour apprendre assidûment le français auprès d'un professeur. Baptiste et moi lui avons proposé de lui payer les cours, mais il tient à nous les rembourser dès qu'il en aura les moyens. Actuellement il est à sec, ayant viré la plus grosse partie de ses salaires maldiviens sur un compte bancaire au Bangladesh, afin de soutenir sa famille. Quant à Lili, après son congé de maternité, elle sera embauchée au centre de plongée de François, l'ancien ami de Yann. Ayant pris connaissance des références professionnelles de ma fille qui sont excellentes, François a décrété qu'il n'avait pas besoin d'évaluer ses compétences durant une période d'essai. Elle signera directement un CDI. Dès qu'ils travailleront, Shahbaj et elle prévoient d'économiser chaque mois, en vue d'un futur voyage au Bangladesh avec le bébé.

Dans la lumière veloutée qui baigne le salon, Lili apporte un plateau avec deux tasses et une théière, qu'elle pose sur la table basse. Je la trouve belle, ma fille. Épanouie. Elle rayonne de son bonheur de femme aimée et celui, tout neuf, de jeune maman. Elle s'assied souplement près de moi sur le canapé, ramenant ses jambes sous elle.

− Petit Yannick va encore dormir une bonne demi-heure, évalue-t-elle. Tu as eu une très bonne idée de récupérer au grenier l'ancien lit parapluie de Gaëtan. Comme ça, pendant que mon petit amour dort confortablement, on a le temps de papoter, toutes les deux.

Je caresse l'une de ses joues au grain si fin et elle me

sourit. Elle verse délicatement le thé dans les tasses de porcelaine. Puis elle demande :

– Tu as des nouvelles d'Océane ?

Lili a rencontré mon amie et ses enfants pour Noël. J'avais invité la petite famille de Saint-Jean-de-Luz à venir partager quelques jours avec nous. Lili et Océane ont sympathisé d'emblée. Ma fille a craqué devant le petit Isao et a demandé des tas de conseils à mon amie, qui s'est fait un plaisir de la renseigner. Une vraie complicité est née entre elles. Nous les entendions pouffer de rire à tout bout de champ. Quant à Justine, elle a joué à la petite maman, en aidant Lili à changer le bébé et à préparer les biberons. Elle était en totale admiration devant Yannick. Il faut dire que notre petit Eurasien est irrésistible, avec ses joyeux gazouillis, sa peau caramel, ses grands yeux aussi noirs que ceux de son père et sa touffe de cheveux bruns soyeux dressée sur la tête. M'arrachant à cette image ravissante, je pousse un gros soupir.

– Océane irait tout à fait bien si Justine était moins perturbée.

– Je comprends, approuve Lili. Océane m'a révélé que son ex-mari, bien qu'installé avec sa nouvelle compagne, a continué à la harceler, ainsi que Juju, avant leur départ pour Saint-Jean-de Luz, passant chez elles à l'improviste. Heureusement qu'Océane a suivi tes conseils et porté plainte contre lui. Depuis le jugement de divorce, Rodolphe est tenu à des consultations régulières chez un psychiatre, non ? Et il a obtenu un droit de visite des enfants, mais uniquement en présence d'un tiers ?

Je confirme ces informations.

– Tout à fait. Le souci, c'est que chaque visite programmée déstabilise Juju. Pourtant, Rodolphe ne peut persister à accabler sa fille de reproches. Ses paroles et ses actes sont surveillés de près.

– Mince alors ! Océane ne fait pas suivre sa petite par un psy ?

– Si, depuis mi-janvier, elle accompagne sa fille au CMPP de St Jean de Luz-Hendaye. C'est un centre médico-psycho-pédagogique qui prend en charge des enfants et des adolescents, notamment en difficulté psycho-affective.

– Et ça ne donne rien ? s'inquiète Lili devant mon air sombre. Je hausse les épaules avec fatalité.

– Juju n'y va pas depuis très longtemps tu sais, et elle a été traumatisée, cette petite...

Tandis que Lili répond à un appel de Shahbaj et que je termine mon thé, je repense à mes dernières conversations avec Océane. Son existence s'est pourtant tellement améliorée à Saint-Jean-de Luz. Avec sa sœur, elles sont très complices. Leurs parents sont aux petits soins pour Justine et Isao. Cette entente familiale retrouvée est si précieuse. Dans la grande maison de Séréna, les enfants possèdent chacun leur chambre. Ils ont trouvé chez leur tante un confort indéniable, ainsi qu'une véritable sécurité.

Quant à Maya, la petite chienne de Justine, elle est devenue la mascotte de la famille. Les animaux de Séréna l'ont adoptée d'emblée. Contrairement à Snoopy qui, à Noël, n'a pas du tout apprécié Maya et l'a à peine tolérée. Nous avons eu droit à de véritables scènes de jalousie de sa part.

Lili s'est rassise près de moi et finit de siroter son thé qui a refroidi. Reprenant le fil de ses pensées, elle m'interroge à nouveau à propos d'Océane. Elle se montre étonnée quand je lui révèle la bifurcation professionnelle à laquelle songe mon amie.

– Ah bon ? Finalement, elle ne veut plus créer son propre cabinet, après ses études ?

J'arbore un air malicieux avant de lui confier :

– Eh bien figure-toi qu'au CMPP où Juju est suivie, Océane a appris que le centre envisageait justement de recruter pour son équipe un « psychopraticien en relation d'aide ». Le poste serait à pourvoir en début d'année prochaine, ce qui coïnciderait avec la fin de ses études. Océane devrait obtenir son certificat professionnel début décembre. Alors, elle leur a adressé une candidature spontanée. Attends, j'ai sa lettre de motivation sur mon téléphone.

Je fouille fébrilement dans mes mails. Puis je brandis mon portable sous le nez de Lili.

– Tiens, lis ça. Plutôt pas mal, non ?

Par-dessus l'épaule de ma fille, je relis les passages qui m'ont le plus touchée : *Aider des jeunes à se redresser vers le soleil, c'est pour moi une action qui a du sens. Elle pourrait même devenir la véritable mission de ma vie. Il y a tellement de situations anxiogènes, de noirceur dans notre société. Celle de demain, ce sont les enfants et les adolescents d'aujourd'hui qui la créeront. Aussi, il me paraît essentiel de leur donner des outils solides, leur permettant de créer, en eux et autour d'eux, du mieux-être...*

... Les jeunes possèdent un atout formidable : chez eux, la capacité de changement est bien supérieur à celle des adultes. C'est pourquoi un accompagnement précoce a toutes les chances de réussir. Une belle alliance entre parents, enfant et thérapeute est selon moi, la clé de l'harmonie retrouvée... Et Océane conclut en écrivant : *Je sais combien une main tendue peut sauver une vie.*

– Waouh, elle est top, notre Océane ! s'exclame Lili.

J'acquiesce avec conviction.

– Oui, elle me paraît vraiment motivée. D'ailleurs elle emploie le mot « mission », c'est très fort !

Songeuse, Lili pose tendrement sa tête sur mon épaule. Les yeux clos, j'ose à peine respirer de peur de troubler cet instant magique. Une formidable plénitude m'envahit, me rappelant celle que j'ai ressentie durant mon EMI.

Sans les avoir convoqués, avec beaucoup de douceur, des mots viennent à moi : *La vie est loin d'être toujours rose, mais capter les petits plaisirs du jour et s'emplir de gratitude, c'est apaiser son âme et ouvrir sa porte au bonheur.*

REMERCIEMENTS

MERCI à ma famille, dont l'amour me porte au quotidien, et à mes fidèles amis.

Merci beaucoup à ma cousine Valérie qui, comme dans tous mes livres, a traqué les coquilles du texte avec son œil de lynx.

Je remercie de tout cœur Élisabeth, mon adorable psychologue, qui me soutient si bien depuis que mon mari tant aimé a rejoint les étoiles.
Son aide m'est extrêmement précieuse.

Un grand MERCI à ma coauteure Monique, avec qui j'ai écrit deux recueils à quatre mains, qui ont beaucoup plu. Comme dans chacun de mes derniers romans, Monique a relu attentivement chaque chapitre et m'a soufflé d'excellentes idées, ainsi que des jolis mots à vous offrir. Mes ouvrages en ont été enrichis. C'est pourquoi elle mérite une place toute particulière dans cette page de remerciements.

MERCI à mes autres bêta-lectrices, Fabienne, Hortense,

Corinne et Huguette, qui sont également merveilleuses et m'apportent énormément. Leurs remarques judicieuses et leurs encouragements bienveillants m'ont accompagnée tout au long de l'écriture de ce roman.

Et bien sûr, un grand MERCI à tous mes lecteurs, dont certains me suivent depuis le début de mon aventure littéraire.
C'est un vrai bonheur d'échanger avec vous et de recevoir vos ressentis.

Surtout, n'hésitez pas à me laisser le vôtre après votre lecture !
Vous pouvez me joindre via la rubrique « Contact » de mon site internet : monaventurelitteraire.fr